CB056971

HISTÓRIAS OU CONTOS DE OUTRORA

CHARLES PERRAULT

HISTÓRIAS OU CONTOS DE OUTRORA

Tradução
Renata Cordeiro

Ilustrações
Rafael Nunes Cerveglieri

MARTIN CLARET

© *Copyright* desta tradução: Landy Editora Ltda, 2005.
Direitos cedidos à Editora Martin Claret Ltda em 2010.
© *Copyright* desta edição: Editora Martin Claret Ltda, 2015.

DIREÇÃO   Martin Claret

PRODUÇÃO EDITORIAL   Carolina Marani Lima
Flávia P. Silva

PROJETO GRÁFICO E DIREÇÃO DE ARTE   José Duarte T. de Castro

DIAGRAMAÇÃO   Giovana Gatti Leonardo

ILUSTRAÇÃO DE CAPA E MIOLO   Rafael Nunes Cerveglieri

TRADUÇÃO E NOTAS   Renata Cordeiro

REVISÃO   Flávia P. Silva

IMPRESSÃO E ACABAMENTO   Cromosete

Este livro segue o novo Acordo Ortográfico da Língua Portuguesa

---

Dados Internacionais de Catalogação na Publicação (CIP)
(Câmara Brasileira do Livro, SP, Brasil)

Perrault, Charles, 1628-1703.
    Histórias ou contos de outrora / Charles Perrault;
ilustrações Rafael Nunes Cerveglieri; tradução Renata Cordeiro.
– São Paulo: Martin Claret, 2015.

    Título original: Histoires ou contes du temps passé.
    "Edição especial"
    Bibliografia
    ISBN 978-85-440-0041-0

    1. Contos de fadas - Literatura infantojuvenil 2. Perrault, Charles,
1628-1703 - Crítica e interpretação I. Cerveglieri, Rafael Nunes.
II. Título.

14-12472   CDD-028.5

Índices para catálogo sistemático:

1. Contos de fadas: Literatura infantil   028.5
2. Contos de fadas: Literatura infantojuvenil   028.5

EDITORA MARTIN CLARET LTDA.
Rua Alegrete, 62 — Bairro Sumaré — CEP: 01254-010 — São Paulo — SP
Tel.: (11) 3672-8144 — Fax: (11) 3673-7146
www.martinclaret.com.br
Impresso em 2015

"[...] Nada é tão enriquecedor e satisfatório para a criança, como para o adulto, do que o conto de fadas folclórico. [...] O prazer que experimentamos quando nos permitimos ser suscetíveis a um conto de fadas, o encantamento que sentimos não vêm do significado psicológico de um conto (embora isso contribua para tal), mas das suas qualidades literária — o próprio conto como uma obra de arte".

BRUNO BETTELHEIM

SUMÁRIO

Prefácio 9

HISTÓRIAS OU CONTOS DE OUTRORA

A Bela Adormecida no bosque 19
Chapeuzinho Vermelho 33
Barba Azul 39
O Mestre Gato ou o Gato de Botas 49
As Fadas 57
Cinderela ou o sapatinho de vidro 63
Riquete do topete 75
O Pequeno Polegar 87

OUTRAS HISTÓRIAS OU CONTOS

Pele de Asno 103
Os Desejos ridículos 117

PREFÁCIO

A RELEITURA DE PERRAULT:
A MAGIA QUE SE ENTRELAÇA COM A VIDA

AURORA GEDRA RUIZ ALVAREZ[1]

Charles Perrault, autor deste livro, apresenta-nos um conjunto de histórias voltadas para o público infantojuvenil. Nesta coletânea, o escritor faz uma adaptação em prosa dos *Contos da mamãe Gansa* e de outras narrativas do folclore francês, originalmente escritas em versos. A obra não se prende apenas ao mundo do encantamento como as adaptações de Walt Disney que conhecemos; ela escolhe mostrar um pouco da realidade com comentários bem humorados, acompanhados de um tom conselheiro, que recupera as falas daqueles que procuram tirar lições de moral da vida.

Esta versão focaliza as mais diversas vivências de crianças e de adolescentes, diferentes entre si pelo comportamento, pelo caráter, pelos sonhos, pelos conflitos e pelos princípios que os formam.

A série inicia-se com *A bela adormecida no bosque*, história em que o leitor recria o acordar da princesa, a grande festa no palácio que celebra o término da maldição da fada má e também conhece a fase de dificuldades pelas quais passa a protagonista depois do casamento, então, sob o domínio de sua sogra – curiosamente, representada por uma ogra. Seria,

---

[1] É doutora em Literatura Portuguesa pela Universidade de São Paulo, é pós-doutorada pela Universidade de Indiana, na área da Intermidialidade. Atua como professora do Programa de Pós-Graduação em Letras da Universidade Presbiteriana Mackenzie.

possivelmente, uma retomada da eterna discussão sobre como as sogras são vistas por muitos genros? Ou da máxima de que depois do casamento "nem tudo é um mar de rosas"?

Já o mundo da jovenzinha inocente aparece em *Chapeuzinho vermelho*. A ingenuidade e a imprudência não serão boas companhias à pequena camponesa, assim como, em *Barba azul*, a curiosidade excessiva da esposa desse homem tão diferente também trará a ela sérios problemas. Por sua vez, um gato muito especial, em *O mestre gato* ou *O gato de botas*, vale-se da astúcia e da mentira, comportamentos questionáveis do ponto de vista da ética, para reverter o destino do filho caçula de um moleiro.

Em contraponto a qualidades nem sempre tão positivas como as mencionadas acima, *As fadas* e *Cinderela* ou *O sapatinho de vidro* apresentam a virtude sendo recompensada. No primeiro conto, a filha rejeitada pela mãe nunca falta com a verdade e esse modo de ser faz com que ela tenha melhor sorte que sua irmã. Já o segundo conto nos encanta não só pela magia criada pela fada madrinha e a sua varinha de condão, mas também pela nobreza de alma de Cinderela, que, carinhosamente, acolhe as irmãs em seu palácio.

A história *Riquete do topete* trata do confronto entre beleza *versus* feiúra, inteligência *versus* estupidez e discute como essa oposição desaparece diante do amor. Nesta mesma linha de valorização do ser humano que escolhe viver com bons valores, o conto *Pele de asno* mostra quanto a sabedoria é importante para a virtuosa princesa, Pele de asno, resolver o delicado problema de relacionamento com o seu pai.

Em *O pequeno polegar*, inteligência e sagacidade são forças decisivas na trama narrativa, bem como o caráter do herói. Por conta desse último componente, a narrativa propõe dois desfechos, que apontam para a natureza dos contos do folclore. Estes relatos orais apresentam-se em diferentes versões, lembrando-nos do provérbio "quem conta aumenta um ponto". Não é, então, por acaso que a história do pequeno polegar deixa a cargo do leitor a escolha de um final para a narrativa.

PREFÁCIO

No conto *Os desejos ridículos*, não são fadas que operam maravilhas, mas Júpiter, o grande deus da antiga Grécia, que proporciona a oportunidade de um lenhador fazer os seus três pedidos. Na história comparecem o maravilhoso, a impulsividade do herói e o humor nos comentários do narrador acerca da intolerância da esposa do protagonista, que sempre o contraria.

Em suma, esta coleção de histórias propõe mostrar que a realidade da vida e o mundo da fantasia se combinam e podem despertar prazer, encantamento, reflexão sobre a moralidade dos atos e humor.

HISTÓRIAS OU CONTOS DE OUTRORA

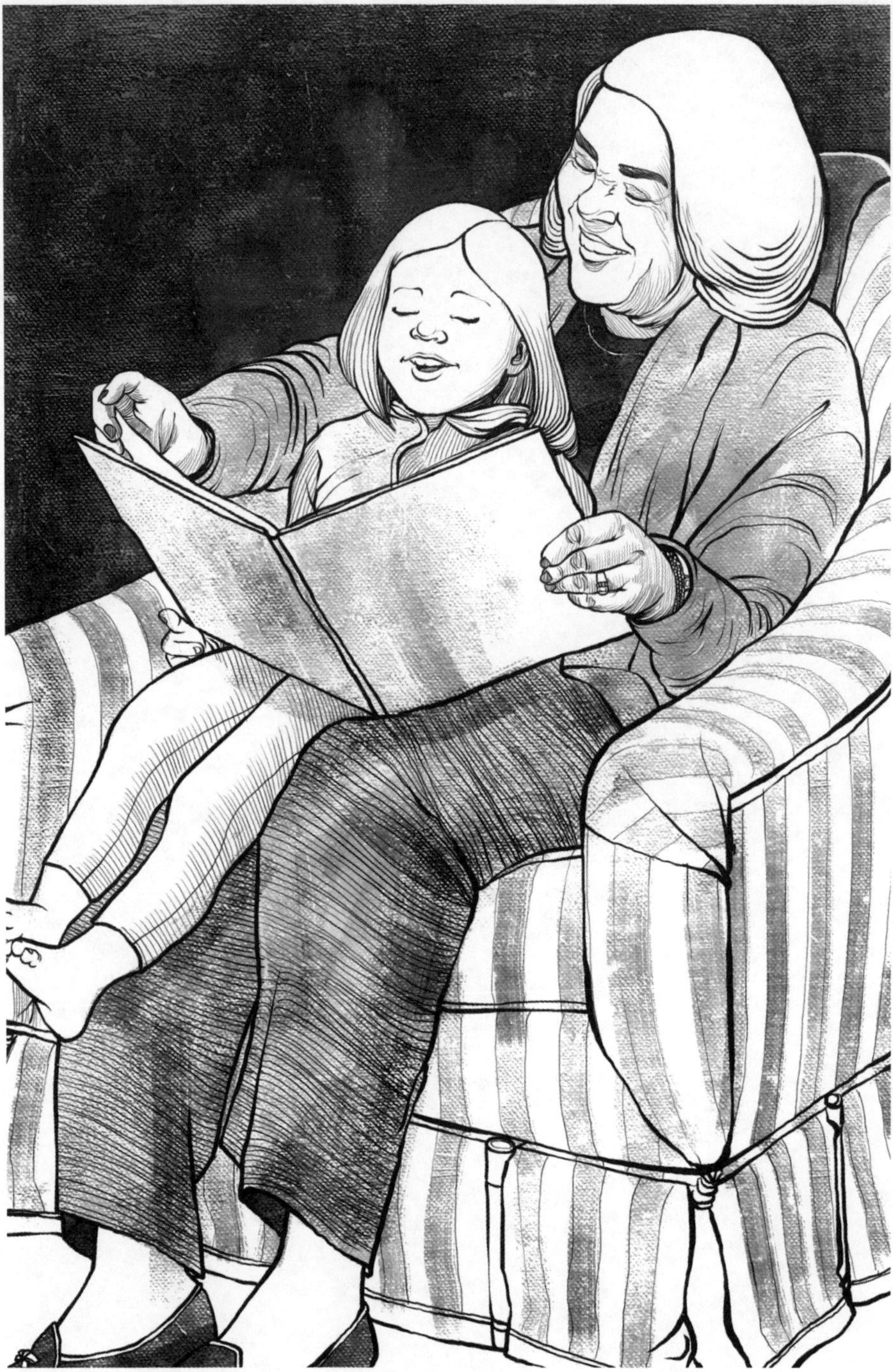

A MADEMOISELLE[1]

A ninguém parecerá estranho que uma criança[2] se tenha divertido em compor os contos desta coleção, mas se surpreenderá que tenha tido a ousadia de oferecê-los à vossa pessoa. No entanto, Mademoisellle, por maior desproporção que haja entre a simplicidade destes relatos e as luzes do vosso entendimento, se se examinam pausadamente estes contos se verá que não sou tio censurável como pareço a princípio. Todos contêm uma moral muito sensata, e que se descobre mais ou menos, segundo o grau de penetração dos que os leem. Além disso, como nada denota tanto a grandeza de alma como poder elevar-se até as coisas maiores e ao mesmo tempo abaixar-se até as menores, ninguém se surpreenderá que a mesma princesa a quem a natureza e a educação familiarizaram com o mais elevado não desdenhe deleitar-se com semelhantes bagatelas. É verdade que estes contos oferecem uma imagem do que acontece nas famílias mais modestas, em que a louvável paciência para instruir as crianças faz imaginar histórias desprovidas de razão, para adequá-las a essas mesmas crianças que ainda não a tem. Mas a quem convém mais saber como vivem os povos do que às pessos a quem o céu destina conduzi-los? O desejo de saber impulsionou os heróis, e mesmo os heróis da nossa raça, até as choças e as cabanas, para ver de perto e por si mesmos o mais peculiar do que nelas ocorria, havendo-lhes parecido necessário sabê-lo para a sua perfeita instrução. Seja como for *Mademoiselle*,

---

[1] Élisabeth-Charlotte d'Orléans (1676-1744), sobrinha de Luís XIV, a quem chamavam "Mademoiselle", e que na época tinha 16 anos.
[2] Em 1697, Pierre Darmancour tinha 19 anos.

Podia eu eleger mais cabalmente
A fim de verossímil ser, e crível,
O que no conto tenha assim de incrível?
E será que houve fada antigamente
Que desse a alguma jovem criatura,
　　Em tão raras ocasiões,
Tantos dons e formosas concessões
Como vos ofertou a grã Natura?

Sou, com o meu mais profundo respeito, *Mademoiselle*, de Vossa Alteza Real, o mais humilde e obediente servidor.

　　　　　　　　　　　　　　　P. DARMANCOUR

A BELA ADORMECIDA NO BOSQUE

Era uma vez um rei e uma rainha que estavam tão aborrecidos por não terem filhos, mas tão aborrecidos, que seria impossível dizê-lo. Iam a todas as estações de águas[1] do mundo: faziam promessas, peregrinações, preces, tentavam de tudo, mas nada dava resultado. No entanto, a rainha acabou por engravidar, e deu à luz uma menina. O batizado foi uma festa linda, ímpar. A princesa teve por madrinhas todas as fadas da região (encontraram-se sete), para que, por meio de cada dom concedido por elas, como era o costume das fadas naqueles tempos, a princesinha tivesse todas as perfeições imagináveis.

Após as cerimônias do batismo, a comitiva voltou ao palácio real, onde havia um grande banquete oferecido às fadas. Diante de cada uma foi posto um magnífico talher, num estojo de ouro maciço, cravejado de diamantes e rubis, em que havia uma colher, um garfo e uma faca de puro ouro.[2]

Mas quando todos tomavam lugar à mesa, surgiu uma fada velha que não havia sido convidada porque fazia mais de cinquenta anos que se trancara numa torre e todos a julgavam morta ou encantada. O rei ordenou que lhe dessem um talher, mas não foi possível dar-lhe um estojo de ouro maciço, como às outras, porque só haviam sido encomendados sete, para as sete fadas. A velha achou que a desprezavam, e grunhiu algumas ameaças entredentes.

Uma das jovens fadas que estava perto dela a ouviu, e julgando que poderia conceder algum dom nefasto à princesinha, foi, assim que todos deixaram a mesa, esconder-se atrás da

---

[1] No século XVII, as águas de Purgues e sobretudo de Forges eram consideradas milagrosas para curar a esterilidade conjugal.
[2] Um talher (garfo, faca e colher) era um luxo no século XVII, o de Perrault, e o estojo tão preciosamente ornamentado, uma grande honra.

tapeçaria, para ser a última a falar, na esperança de reparar, na medida do possível, o mal que a velha pudesse ter em mente.

Então, as fadas começaram a ofertar os dons à princesa. A mais nova lhe concedeu o dom de ser a mais bela pessoa do mundo, a seguinte, o de ter o espírito de um anjo, a terceira, o dom da graça admirável em tudo o que fizesse, a quarta, o de dançar perfeitamente bem, a quinta, o dom de cantar como um rouxinol, e a sexta, o de tocar todos os tipos de instrumentos com a máxima perfeição. Quando chegou a vez da fada velha, esta disse, balançando a cabeça mais por despeito do que por velhice, que a princesa espetaria a mão no fuso de uma roca de fiar e que disso morreria.

Essa terrível predição fez todos tremerem, e não houve quem não chorasse. Nisso, a jovem fada saiu detrás da tapeçaria, e disse alto e bom som:

Fiquem tranquilos, rei e rainha, a princesa não morrerá disso. É verdade que não tenho poder o bastante para desfazer por completo o que a minha precedente fez. A princesa espetará a mão num fuso, mas, em vez de morrer, mergulhará num sono profundo por cem anos. Ao fim desse tempo, o filho de um rei virá despertá-la.

Todavia, o rei, na tentativa de evitar a desgraça anunciada pela fada velha, mandou de imediato publicar um edital que proibia, sob pena de perder a vida, a posse e o uso de rocas de fiar.

Ao fim de quinze ou dezesseis anos, tendo o rei e a rainha ido a uma das suas casas de campo, aconteceu de a jovem princesa percorrer todos os recônditos do castelo, subindo de cômodo em cômodo, até chegar a uma torre, em cujo topo encontrou um sótão miserável, onde uma velha fiava sozinha na roca. A boa mulher não sabia da proibição do rei, pois morava ali havia anos e nunca ouvira falar disso.

O que está fazendo, senhora? — perguntou-lhe a princesa.

Estou fiando, linda menina — respondeu-lhe a velha, que não a conhecia.

Ah! Como é bonito! — retomou a princesa. — Como faz? Mostre-me para que eu faça tão bem quanto a senhora.

Não poderia ter pego o fuso mais rápido, de tão viva que era, além de ser um pouco estabanada, como, aliás, o determinava o decreto das fadas. Logo espetou a mão e caiu sem sentidos.

A velha, aflitíssima, grita[3] por socorro; chegam pessoas de todos os lados; lançam água no rosto da princesa; desapertam-lhe as roupas, esfregam-lhes as têmporas com água da rainha da Hungria;[4] mas nada a fazia voltar a si.

Então o rei, que subiu ao ouvir o tumulto, lembrou-se da predição das fadas, e julgando que aquilo tinha de acontecer e nada havia a fazer, mandou acomodar a princesa no mais lindo aposento do palácio, numa cama com bordados de ouro e prata. Parecia um anjo, de tão linda que era, pois o desmaio não lhe tirara as cores vivas da tez: o rosto estava corado e os lábios da cor do coral, só os olhos é que estavam fechados, mas respirava tranquilamente, o que demonstrava que não morrera. O rei deu ordem para que a deixassem dormir em paz, até que a hora do seu despertar chegasse.

A boa fada, que lhe salvara a vida condenando-a dormir por cem anos, estava no reino de Mataquino, a doze mil léguas[5] de distância, quando se dera o incidente com a princesa, porém, ela foi avisada num instante por um anãozinho, que tinha botas sete-léguas (que percorriam sete léguas com uma só passada). A fada partiu logo, e viram-na chegar numa carruagem de fogo, puxada por dragões. O rei foi oferecer-lhe a mão para que descesse.

A boa fada aprovou tudo o que ele fizera, mas como era muito previdente, pensou que quando a princesa despertasse,

---

[3] O uso do presente do indicativo é um resquício da oralidade do conto.
[4] Conta a lenda que um anjo disfarçado de eremita ensinou a Santa Isabel de Hungria a receita desta água: vinho e folhas de romero (arbusto de frutos secos, com quatro sementes miúdas). Era indicada contra várias dolências, como desmaios, e também contra a tristeza.
[5] Sessenta mil quilômetros.

ficaria muito desnorteada, sozinha naquele velho castelo. Então fez o seguinte: tocou com a varinha tudo o que estava no castelo (com exceção do rei e da rainha), governantas, damas de honra, camareiras, gentis-homens, empregados,[6] chefes de cozinha, cozinheiros, aprendizes de cozinheiros, copeiros, mensageiros, guardas, porteiros, pajens, lacaios; e também todos os cavalos que estavam nas estrebarias com os cocheiros, os grandes mastins de galinheiros, e a pequena Puffe, a cachorrinha da princesa, que não lhe saía de ao pé da cama. Num passe de mágica, todos adormeceram para só virem a despertar no mesmo instante que a sua senhora, e prontos para servi-la quando ela precisasse; até mesmo os espetos, que estavam no fogo cheios de perdizes e faisões, adormeceram, bem como o próprio fogo. Tudo isso se deu num instante; as fadas faziam rápido o seu trabalho.

Então, o rei e a rainha, depois de beijarem a filha querida sem que ela despertasse, saíram do castelo, e proibiram, a quem quer que fosse, aproximar-se do palácio. O que não era necessário, pois em quinze minutos, cresceram, em torno do parque, tantas árvores, grandes e pequenas, sarças e espinhos entrelaçados, que animal algum, homem algum, poderia passar, de modo que não se via nada além do topo das torres do castelo, ainda que se ficasse a grande distância. Não se duvidou de que aquilo era obra da boa fada, para que a princesa, enquanto dormisse, não tivesse nada a temer dos curiosos.

Cem anos depois, o filho do rei que então reinava, e que não pertencia à família da princesa adormecida, foi caçar para aqueles lados, e perguntou o que seriam aquelas torres que ele via acima de um grande e denso bosque. Cada um lhe respondeu de acordo com o que ouvira falar. Alguns diziam que era um velho castelo para onde os espíritos voltavam; outros que

---

[6] *Officiers*, no original. No século XVII eram aqueles que adquiriam uma profissão mediante o pagamento de uma taxa.

todos os feiticeiros da região ali praticavam o sabá.[7] A opinião mais comum era a de que um ogro[8] morava no castelo, e que para lá levava todas as crianças que conseguia pegar, para poder comê-las à vontade, e sem que o pudessem seguir, e que ele era o único que tinha o poder de atravessar o bosque.

O príncipe não sabia em quê acreditar, quando um velho camponês tomou a palavra e lhe disse:

Meu príncipe, faz mais de cinquenta anos que ouvi de meu pai que nesse castelo havia uma princesa, a mais bela do mundo, que deveria dormir por cem anos, e que o filho de um rei, a quem estava destinada, a despertaria.

O jovem príncipe, a tais palavras, se inflamou; tinha a firme convicção de que poria fim àquela belíssima aventura, e impulsionado pelo amor e pela glória, resolveu, de imediato, ver o que lá se passava. Assim que se dirigiu para o bosque, todas aquelas árvores enormes, aquelas sarças, aqueles espinhos se separaram para dar-lhe passagem: ele foi em direção ao castelo que vislumbrava no fim de um grande caminho, e o que o surpreendeu um pouco foi ver que ninguém o pudera seguir, porque as árvores se haviam juntado assim que ele passara. No entanto, prosseguiu: um príncipe jovem e apaixonado é sempre valente.

Entrou num grande pátio onde tudo o que viu diante de si era de meter medo: um silêncio horrível, a imagem da morte por toda parte, corpos de homens e animais estendidos como se estivessem mortos. No entanto, percebeu, pelo nariz cheio de espinhas e o rosto corado dos porteiros, que eles apenas dormiam, e as suas taças, em que ainda havia algumas gotas de vinho, mostravam que eles haviam adormecido enquanto bebiam.

Passa por um grande pátio com piso de mármore, sobe a escada, entra na sala dos guardas, todos enfileirados, de baio-

---

[7] Reunião ou encontro secreto de feiticeiros e feiticeiras.

[8] Gigante voraz que come crianças. O mesmo que "papão" ou "bicho- papão".

netas ao ombro, e roncando a valer. Atravessa vários cômodos cheios de gentis-homens e damas, todos adormecidos, uns de pé, outros sentados; entra num quarto todo dourado, e vê numa cama, de cortinas entreabertas, o mais belo quadro que ele jamais vira: uma princesa que parecia ter quinze ou dezesseis anos, e cujo brilho resplandecente tinha algo de luminoso e divino. Aproximou-se, trêmulo e admirado, e ajoelhou-se aos seus pés.

Então, findo o encanto, a princesa despertou; e olhando para ele com os olhos mais ternos do que ver uma pessoa pela primeira vez parece permitir, disse:

E você, meu príncipe? Eu o esperei tanto!

O príncipe, encantado com essas palavras, e mais ainda com a maneira pela qual eram ditas, não sabia como expressar-lhe a sua alegria e o seu reconhecimento; garantiu-lhe que a amava mais do que a si mesmo. Falou desajeitadamente, mas as suas palavras agradaram muito; pouca eloquência, muito amor. Estava mais embaraçado do que ela, e isso não causa surpresa alguma; ela tivera tempo de sonhar com o que teria a dizer-lhe, pois parece (embora a história não o diga) que a boa fada, durante o tão longo sono, lhe proporcionara sonhos agradáveis. Enfim, fazia quatro horas que eles conversavam, e ainda não haviam dito metade do que tinham a se dizer.

No entanto, todo o palácio havia despertado com a princesa; todos haviam sonhado que cumpriam as suas tarefas, e como nem todos estavam apaixonados, acordaram mortos de fome; uma das damas de honra, atarantada como os demais, perdeu a paciência, e disse bem alto à princesa que a carne estava servida. O príncipe ajudou a princesa a se levantar, ela estava toda vestida, e magnificamente, mas ele teve o cuidado de dizer-lhe que embora estivesse trajada "como a minha avó", com um colarinho de renda,[9] nem por isso estava menos bela.

---

[9] Já fora de moda no século XVII.

Passaram para a sala dos espelhos, onde lhes foi servida a ceia; os violinos e os oboés tocaram velhas peças, porém excelentes, embora fizesse mais de cem anos que ninguém as tocava; e depois da ceia, sem perder tempo, o capelão-mor os casou na capela do castelo, e a dama de honra fechou a cortina do leito nupcial: dormiram pouco, a princesa não necessitava muito de repouso, e o príncipe a deixou assim que amanheceu para voltar à cidade, pois o pai devia estar preocupado com ele.

O príncipe lhe disse que se perdera na floresta enquanto caçava e que dormira na cabana de um carvoeiro, que lhe oferecera pão preto e queijo. O rei seu pai, que era um homem bom, acreditou, porém a mãe não ficou persuadida, e vendo que ele ia quase todos os dias caçar, e que sempre tinha uma desculpa na ponta da língua quando passava duas ou três noites fora, não teve mais dúvidas de que se tratava de um namorico: ele viveu com a princesa assim mais de dois anos inteiros, e eles tiveram dois filhos, tendo o primeiro, que era uma menina, recebido o nome de Aurora, e o segundo, um menino, o de Dia, porque parecia ainda mais belo do que a irmã.

A rainha pediu várias vezes ao filho que se lhe explicasse, que devia levar a vida regrada, mas ele não tinha a coragem de lhe confiar o seu segredo; temia-a, embora a amasse, pois ela era da raça dos ogros, e o rei só a desposara pelos seus grandes bens; dizia-se até mesmo na Corte, em surdina, que tinha a inclinação dos ogros, e que toda vez que via criancinhas, era a duras penas que conseguia conter-se; por isso, o príncipe jamais quis contar-lhe nada.

Mas quando o rei morreu, fato sucedido dois anos depois, ele se viu senhor e declarou publicamente o seu casamento, trazendo, com pompa e circunstância, a esposa ao castelo. Fizeram-lhe uma recepção magnífica na cidade principal, onde ela entrou seguida dos filhos.

Passado um tempo, o novo (já não era tão jovem assim) rei foi guerrear com o imperador Cantalabuto, seu vizinho. Deixou a rainha-mãe como regente do reino, e lhe recomendou muito a esposa e os filhos: deveria ficar guerreando por todo o verão, e assim que ele partiu, a rainha-mãe mandou a nora e os seus filhos para uma casa de campo na floresta, para poder saciar mais facilmente a sua horrível vontade.

Alguns dias depois, ela mesma foi para lá e, certa noite, disse ao cozinheiro:

Amanhã, no jantar, quero comer a pequena Aurora.

Ah, não, senhora! — disse o cozinheiro.

Eu quero — disse a rainha, e o disse num tom de ogra com vontade de comer carne fresca. — E quero comê-la ao molho Roberto.[10]

O pobre homem, sabendo perfeitamente que não se devia discutir com uma ogra, pegou o facão e subiu ao quarto da pequena Aurora: tinha então quatro anos, e veio, pulando e rindo, lançando-lhe ao pescoço, e pedindo-lhe balas. Ele começou a chorar, deixou o facão cair, e foi, resoluto, até o viveiro degolar um cordeirinho, que preparou com um molho tão bom que a patroa lhe garantiu que nunca havia comido nada igual. Entrementes, ele pegara a pequena Aurora e a dera à sua mulher para que esta a escondesse na casa que eles tinham atrás do galinheiro.

Oito dias depois, a malvada rainha disse ao cozinheiro:

Na ceia, quero comer o pequeno Dia.

Ele não replicou; decidido a enganá-la como da outra vez, foi buscar o pequeno Dia, e o encontrou empunhando um pequeno florete, com o qual duelava com um grande macaco; no entanto, tinha só três anos. Levou-o à esposa, que o escondeu com a pequena Aurora, e pôs no lugar do pequenino Dia um cabritinho bem macio, que a ogra achou admiravelmente bom.

Tudo estava dando certo, mas certa noite a malvada rainha disse ao cozinheiro:

---

[10] Molho feito de manteiga, farinha, cebolas, água fervida, vinho branco, mostarda, sal e pimenta. É um excelente acompanhamento para carne bovina.

Quero comer a rainha com o mesmo molho com que comi os seus filhos.

Então, o pobre cozinheiro se desesperou, pois não sabia como poderia enganá-la. A jovem rainha já passava dos vinte anos, sem contar os cem que dormira: tinha a pele um pouco dura, apesar de linda e branca; e como encontrar um animal tão duro assim?

Resolveu, para salvar a própria vida, degolar a rainha, e subiu ao seu quarto decidido a dar um só golpe; tentava enfurecer-se, e entrou de punhal na mão no quarto da jovem rainha. Porém, não quis surpreendê-la, e contou-lhe com muito respeito a ordem que recebera da rainha-mãe.

Cumpra o seu dever — disse-lhe ela —, oferecendo-lhe o pescoço. — Execute a ordem que lhe deram; vou rever os meus filhos, os meus pobres filhos que tanto amei (ela os julgava mortos desde que os haviam levado sem lhe dizerem nada).

Não, não, senhora — respondeu-lhe o pobre cozinheiro todo comovido —, não morrerá, e não deixará de rever os seus queridos filhos, mas isso acontecerá na minha casa, onde os escondi, e eu vou enganar a rainha de novo, fazendo-a comer uma jovem corça no seu lugar.

Levou-a imediatamente à sua casa, onde ela se pôs a beijar e chorar com os filhos, enquanto ele próprio foi preparar uma corça, que a rainha comeu na ceia, com o mesmo apetite com que teria comido a jovem rainha. Estava muito contente com a sua crueldade e preparava-se para dizer ao rei, quando ele voltasse, que os lobos enraivecidos haviam comido a rainha sua esposa e os seus dois filhos.

Certo dia, quando passeava, como de costume, pelos pátios e pelos viveiros da casa de campo para farejar alguma carne fresca, ouviu, na casa que ficava atrás do galinheiro, o pequeno Dia aos prantos, pois a rainha sua mãe queria bater-lhe porque ele fora desobediente, e ouviu também a pequena Aurora pedindo clemência para o irmão. A ogra reconheceu a voz da rainha e dos seus filhos, e, furiosa por ter sido enganada, ordenou, no dia seguinte, assim que amanheceu, com voz assustadora que fazia todos tremerem, que trouxessem para o meio do pátio um caldeirão, e que o enchessem de sapos, víboras, cobras e serpentes, para que nele fossem lançados a rainha e os seus filhos, bem como o cozinheiro, a sua esposa e a empregada desta: determinara que os trouxessem com as mãos amarradas nas costas.

Estavam lá, e os carrascos se preparavam para lançá-los ao caldeirão, quando o rei, que não era esperado tão cedo, entrou no pátio a cavalo; viera às pressas, e perguntou, apavorado, o que significava aquele horrível espetáculo; ninguém ousava responder-lhe, quando a ogra, enraivecida por ver o que via, se atirou de cabeça no caldeirão, sendo devorada num instante pelos bichos asquerosos que ela própria mandara pôr lá dentro. E claro que o rei ficou triste: ela era a sua mãe; mas logo se consolou com a sua bela esposa e os seus filhos.

MORALIDADE

Esperar por um tempo um bom e rico esposo,
Galante,[11] encantador, garboso,
É coisa bastante vulgar,
Porém, esperar por um século, e dormente,
Moça igual não se pode achar,
Que durma tão tranquilamente.

OUTRA MORALIDADE

A fábula deseja apenas nos mostrar,
Que do hímen amiúde os nós tão delicados,[12]
Não deixam de ser bons, ainda que adiados,
Que espere quem se quer casar;
Mas as mulheres, sempre a arder,
Aspiram à fé conjugal,
Que eu não tenho coragem, nem poder
De lhes pregar esta moral.

---

[11] No século XVII, essa palavra significava distinguido, cheio de graça.
[12] Os laços do casamento.

CHAPEUZINHO VERMELHO

Era uma vez uma menininha aldeã, a mais linda que já se viu. A sua mãe era louca por ela, e a sua avó, mais louca ainda. A boa mulher, sua avó, lhe fizera um chapeuzinho vermelho que lhe caía tão bem, que, por onde quer que ela passasse, era chamada de Chapeuzinho Vermelho. Certo dia, tendo feito bolos, a sua mãe lhe disse:

— Vá ver como a sua avó tem passado, pois me disseram que ela está doente, e lhe leve esse bolo e esse potinho de manteiga.

Chapeuzinho Vermelho foi logo à casa da avó, que morava numa outra aldeia.

Quando passava por um bosque, encontrou o compadre lobo, que teve muita vontade de comê-la, mas não ousou, porque havia alguns lenhadores na floresta. Perguntou-lhe aonde ia ela. A pobre criança, que não sabia que era perigoso deter-se para escutar um lobo, e disse-lhe:

— Vou ver a minha avó, e levar-lhe um bolo com um potinho de manteiga que a minha mãe lhe manda.

Ela mora muito longe? — perguntou-lhe o lobo.

— Oh, sim! — disse Chapeuzinho Vermelho. — Mora depois daquele moinho que se avista lá ao longe, bem longe, na primeira casa da aldeia.

Então, eu também vou vê-la — disse o lobo. — Vou por este caminho e você vai pelo outro, e veremos quem chega primeiro.

O lobo começou a correr, o mais que podia, pelo caminho mais curto, e a menininha foi pelo mais longo, divertindo-se em colher nozes, em correr atrás das borboletas, e em fazer ramalhetes com as florzinhas que encontrava.

O lobo não tardou a chegar à casa da avó, e bateu à porta: "toc, toc."

— Quem é?

— É a sua netinha, Chapeuzinho Vermelho — disse o lobo, disfarçando a voz — e lhe trago um bolo e um potinho de manteiga que mamãe lhe manda.

A ingênua avó, que estava de cama porque se sentia um pouco adoentada, gritou-lhe:

— Puxe a tranca e a porta se abrirá.

O lobo puxou a tranca e a porta se abriu. Atirou-se sobre a velhinha e a devorou num átimo, pois há mais de três dias ele não punha nada na boca.

Em seguida, fechou a porta, e foi deitar-se na cama da avó, aguardando Chapeuzinho Vermelho, que, algum tempo depois, veio bater à porta: "toc, toc".

— Quem é?

Chapeuzinho Vermelho, num primeiro momento, teve medo ao ouvir a voz grossa do lobo, mas depois achou que era só um resfriado, e respondeu:

— É a sua netinha, Chapeuzinho Vermelho, que lhe traz um bolo e um potinho de manteiga que mamãe lhe manda.

O lobo lhe gritou, suavizando um pouco a voz:

— Puxe a tranca e a porta se abrirá.

Chapeuzinho Vermelho puxou a tranca e a porta se abriu.

O lobo, ao vê-la entrar, disse-lhe, escondendo-se na cama debaixo do cobertor:

— Ponha o bolo e o potinho de manteiga em cima do armário e venha deitar-se comigo.

Chapeuzinho Vermelho tirou a roupa, deitou-se na cama, e ficou muito surpresa ao ver como a sua avó era quando estava só com roupa de baixo. Disse-lhe:

— Que braços compridos tem, vovó!
— São para abraçá-la melhor, minha netinha.
— Que pernas compridas tem, vovó!
— São para correr melhor, minha menina.
— Que orelhas grandes tem, vovó!
— São para escutar melhor, minha menina.
— Que olhos grandes tem, vovó!

— São para vê-la melhor, minha menina.
— Que dentes grandes tem, vovó!
— São para comê-la.

E, ao dizer tais palavras, o lobo mau se atirou sobre Chapeuzinho Vermelho e a comeu.

MORALIDADE

Percebemos aqui que as criancinhas,
Principalmente as menininhas
Lindas, boas, engraçadinhas,
Fazem mal de escutar a todos que se acercam,
E que de modo algum estranha alguém,
Se um lobo mau então as coma, e bem.
Digo lobo, lobo em geral,
Pois há lobo que é cordial,
Mansinho, familiar e até civilizado,
Que, gentil, bom, bem educado,
Persegue as donzelas mais puras,
Até à sua casa, até à alcova escura;
Quem não sabe, infeliz, que esses lobos melosos,
Dos lobos todos são os bem mais perigosos?

BARBA AZUL

Era uma vez um homem que possuía belas casas na cidade e no campo, baixelas de ouro e de prata, móveis forrados com bordados e carruagens douradas. Mas, por desgraça, tal homem tinha a barba azul, o que o tornava tão feio e horripilante, que toda mulher ou moça fugia ao vê-lo.

Uma das suas vizinhas, senhora de qualidade,[1] tinha duas filhas muitíssimo bonitas. Ele lhe pediu uma em casamento, e lhe deixou a liberdade de escolher aquela cuja mão quisesse dar-lhe. As duas não o queriam de modo algum, e resolveram conversar sobre o assunto, e, ao final, nenhuma estava disposta a casar-se com um homem que tinha a barba azul. O que as desgostava mais era o fato de que ele já havia desposado várias mulheres, e ninguém sabia o que tinha acontecido com elas.

O Barba Azul, para decidi-las, levou-as, junto com a mãe e três ou quatro das melhores amigas delas, e alguns jovens das vizinhanças, à sua casa de campo, onde ficaram oito dias ao todo. Só havia passeios, caçadas e pescarias, danças, banquetes e comilanças. Ninguém dormia, e todos passavam a noite a fazer malícias uns para os outros. Enfim, tudo ia tão bem, que a caçula começou a achar que o dono da casa não tinha a barba tão azul, e que era um homem muito distinguido. Assim que voltaram à cidade, foi realizado o casamento.

Depois de um mês, o Barba Azul disse à mulher que se via forçado a fazer uma viagem pelo interior, de pelo menos seis semanas, para tratar de um negócio importante. Pedia-lhe que se divertisse durante a sua ausência, que chamasse as boas amigas, que, se quisesse, as levasse ao campo, e que as recebesse bem, dando-lhes a melhor comida.

---

[1] No século XV, era chamada de "pessoa de qualidade" quem pertencia à nobreza (tanto o gentil-homem, quanto a senhora e a senhorita).

— Aqui estão — disse ele — as chaves de todos os aposentos. Estas são as chaves do cômodo onde estão as baixelas de ouro e de prata, que não se usam todos os dias; estas são as dos meus cofres onde está o meu ouro e a minha prata; estas, as dos cofrinhos onde estão as minhas pedras preciosas. Estas chaves permitem circular por toda a casa. Ah, esta pequenina é a chave do gabinete que fica no fim da grande galeria do andar térreo: abra tudo, ande por toda parte, mas não nesse gabinete. Eu a proíbo de nele entrar, e de maneira tal que, se o abrir, será o objeto da minha cólera.

Ela prometeu fazer exatamente tudo o que ele lhe acabara de ordenar. E ele, depois de beijá-la, sobe à carruagem, e segue caminho.

As vizinhas e as boas amigas não esperaram convites para ir à casa da recém-casada, de tão impacientes que estavam para ver todas as riquezas dela, pois não ousaram visitá-la enquanto o marido lá estava, devido à sua barba azul, que lhes metia medo. Logo se puseram a percorrer os cômodos, os quartos de dormir, os guarda-roupas, uns mais lindos e mais ricos do que os outros. Em seguida, subiram às salas, onde não conseguiam parar de admirar tantas e tão belas tapeçarias, camas, sofás,[2] cabinetes, mesinhas de centro, mesas, espelhos, onde se miravam dos pés à cabeça, e cujas molduras, umas de vidro, outras de prata e de cobre dourado eram as mais lindas e mais magníficas jamais vistas. Não paravam de exagerar e invejar a felicidade da amiga, que, entretanto, não se divertia nada ao ver todas aquelas riquezas, por causa da impaciência que tinha de abrir o gabinete do andar térreo.

Estava tão premiada pela curiosidade que, sem pensar que era pouco cortês deixar as convidadas, para lá desceu por uma escadinha oculta, e com tanta precipitação, que, duas ou três vezes, achou que ia quebrar o pescoço. Já na porta do gabinete,

---

[2] A moda dos sofás era recente na época de Perrault.

ali parou por algum tempo, pensando na proibição do marido, e achando que lhe poderia acontecer uma desgraça por ser desobediente. Mas a tentação era tão forte que não conseguiu vencê-la. Então, pegou a pequenina chave e abriu, a tremer, a porta do gabinete.

Num primeiro momento, nada viu, porque as janelas estavam fechadas. Após alguns instantes, começou a ver que o assoalho estava todo coberto de sangue coalhado, e que nesse sangue se refletiam os corpos de várias mulheres mortas e pregadas ao longo das paredes (eram todas as mulheres que o Barba Azul desposara e estrangulara, uma após a outra). Achou que ia morrer de medo, e a chave do gabinete que ela acabara de tirar da fechadura lhe caiu da mão.

Depois de se acalmar um pouco, pegou a chave, fechou a porta, e subiu ao quarto para se recompor, mas não conseguia, tamanho era seu transtorno. Tendo notado que a chave do gabinete estava manchada de sangue, limpou-a duas ou três vezes, mas o sangue não saía. Por mais que a lavasse, e até mesmo a esfregasse com areia fina e com argila arenosa,[3] o sangue continuava lá, pois a chave era mágica e não havia meio algum de limpá-la: quando se tirava o sangue de um lado, ele aparecia do outro.

O Barba Azul voltou naquela noite mesmo, e disse que havia recebido cartas no caminho, que lhe confiavam que o negócio pelo qual ele saíra em viagem acabara de se resolver a seu favor. A sua mulher fez tudo o que pôde para lhe mostrar que estava muito feliz com a sua volta.

No dia seguinte, pediu-lhe as chaves, e ela as devolveu, mas a sua mão tremia tanto que ele advinhou o que havia acontecido.

— Por que — disse-lhe ele — a chave do gabinete não está com as outras?

Acho — disse-lhe ela — que a deixei lá em cima, na minha mesa.

---

[3] *Sablon* e *grès*, no original. Areia fina e argila arenosa (ou de pedra) utilizada no século XVII para limpar as baixelas e estanho.

— Vá buscá-la — disse o Barba Azul —, e imediatamente.

Depois de várias tentativas de ganhar tempo, foi preciso trazer a chave. O Barba Azul, após refletir, disse à mulher:

— Por que há sangue nesta chave?

— Eu não sei de nada — respondeu a pobre mulher, mais lívida do que a morte.

— Não sabe de nada — retornou o Barba Azul —, mas eu sei. Quis entrar no gabinete, não? Pois bem, a senhora vai ficar ao lado das outras que viu.

Ela se lançou aos pés do marido, aos prantos e a pedir-lhe perdão, como todos os sinais de verdadeiro arrependimento por não ter sido obediente. Comoveria uma rocha, bela e aflita como estava, mas o Barba Azul tinha o coração mais duro do que um rochedo.

— Chegou a hora de morrer — disse-lhe ele — e já.

— Já que chegou a hora de morrer — respondeu ela, olhando para ele com os olhos rasos d'água —, me dê algum tempo para rezar a Deus.

— Dou-lhe cinco minutos — retomou o Barba Azul — e nem um segundo a mais.

Quando ficou sozinha, chamou a irmã, e lhe disse:

— Minha irmã Ana (pois era esse o seu nome), suba, eu lhe peço, no topo da Torre, para ver se os meus irmãos estão chegando, pois eles me prometeram que viriam visitar-me hoje, e se os vir, lhes acene para que se apressem.

A irmã Ana subiu no topo da Torre, e a pobre afligida lhe gritava de tempos em tempos:

— Ana, minha irmã Ana, não vê nada ainda?

E a irmã Ana respondia:

— Nada vejo além do sol que empoeira e da urze que verdeja.[4]

---

[4] É digno de nota o uso, no original, de *poudroie* — que brilha com a cintilação de mil poeiras no horizonte — e *verdoie* — verdeja. (Os verbos *poudroyer* e *verdoyer* eram palavras que não se utilizavam mais no século XVII).

Porém, o Barba Azul, empunhando um facão, gritava alto e bom som à esposa:

— Desça rápido, ou eu subirei.

— Só mais um minutinho, por favor — respondia-lhe a mulher, que em seguida gritava, quase sussurando, à irmã:

— Ana, minha irmã Ana, não vê nada ainda?

E a irmã Ana respondia:

— Não vejo nada além do sol que empoeira e da urze que vedeja.

— Ande, desça logo — gritava o Barba Azul — ou subirei.

— Estou indo — respondia a esposa, e em seguida gritava, baixinho:

— Ana, minha irmã Ana, não vê nada ainda?

— Sim, vejo — respondeu a irmã Ana — uma grande poeira que vem deste lado.

— São os meus irmãos?

— Infelizmente, não, minha irmã. É um rebanho de carneiros.

— Não quer descer? — gritava o Barba Azul.

— Só mais um minutinho — respondia a esposa, e em seguida gritava, baixinho:

— Ana, minha irmã, Ana, não vê nada ainda?

— Sim, vejo — respondeu ela — dois cavaleiros que vêm deste lado, mas estão ainda muito longe... Deus seja louvado — exclamou um momento depois — são os meus irmãos. Vou acenar-lhes para que se apressem.

O Barba Azul começou a gritar tão forte que toda a casa tremeu. A pobre mulher desceu, e foi lançar-se-lhe aos pés toda chorosa e toda desgrenhada.

— Isso de nada adiante — disse o Barba Azul —, chegou a hora de morrer.

Em seguida, pegando-a com uma das mãos pelos cabelos, e erguendo o facão com a outra, ia decapitá-la. A pobre mulher se virou para ele, e olhando-o com olhos agonizantes, suplicou que lhe desse um momentinho mais para se recolher.

— Não e não — disse ele. — Recomende-se bem a Deus. E levantou o braço...

Nesse instante, bateram com tanta força na porta que o Barba Azul parou na hora. A porta foi aberta, e logo entraram dois cavaleiros, que, empunhando a espada, correram diretamente até o Barba Azul. Este reconheceu que eram os irmãos da sua mulher, um dragão e o outro mosqueteiro,[5] de modo que fugiu para se salvar, mas os dois irmãos o perseguiram de tão perto, que o agarraram antes que ele chegasse ao patamar da escadaria. Traspassaram-no com as espadas, e o deixaram morrer. A pobre mulher estava quase tão morta quanto o marido, e não tinha forças para se erguer e beijar os irmãos.

Ocorreu que o Barba Azul não tinha herdeiros, e, por isso, a sua esposa se tornou dona de todos os seus bens. Usou uma parte para casar a irmã Ana com um gentil-homem que a amava havia muito tempo. Uma outra parte, para comprar os cargos de capitão[6] para os dois irmãos. E o resto para ela própria casar-se com um homem muito distinguido, que lhe fez esquecer os tempos ruins que passara com o Barba Azul.

---

[5] Dragão era um soldado da cavalaria que combatia a pé ou a cavalo. Mosqueteiro era um gentil-homem que punha o seu mosquete (arma de fogo) a serviço do rei. A Companhia dos Mosqueteiros foi criada no século XVII.

[6] Os cargos eram empregos que se obtinham no século XVII, comprando-os da administração real para se beneficiar, em seguida, dos seus lucros. O cargo de capitão era um alto grau ocupado por um grande senhor.

MORALIDADE

É a curiosidade uma mania
Que apesar do atrativo e da apetência,
Custa muitos desgostos com frequência,
E disso há mil exemplos todo dia.
E, apesar das mulheres, é um prazer
      Passageiro e muito avaro,
O qual, provando-o, já deixa de o ser,
E sempre custa muito, muito caro.

OUTRA MORALIDADE

Por pouco razoável que alguém seja,
Mas que saiba viver atualmente,
É lógico que logo esse alguém veja
Que o que ele leu foi dito antigamente;
Que não há mais esposo tão terrível,
Nem tampouco que peça inda o impossível,
Mesmo que ciumento e desgostoso,
Que com a mulher não seja obsequioso;
E seja a barba azul ou doutra cor,
Não sabemos dos dois quem é o senhor.

O MESTRE GATO[1]
OU O GATO DE BOTAS

---

[1] *Maitre*, no original. Perrault joga aqui, basicamente, com três sentidos dessa palavra: *dono*, *senhor*, *mestre* (havendo aqui o sentido figurado de *espertalhão*, o *mestre* nas artimanhas. É preciso lembrar que mestre, na época, tinha sobretudo o sentido de *exímio artífice*, aquele que domina completamente o seu ofício).

Um moleiro, ao morrer, deixou para os seus três filhos as únicas coisas que possuia: o moinho, o burro e o gato. As partilhas foram logo feitas, e não se chamaram nem o escrivão nem o advogado, pois eles poderiam abocanhar rapidamente todo o pobre patrimônio. Ao mais velho, coube o moinho, ao do meio, o burro, e ao caçula, apenas o gato.

Este último não se conformava de modo algum por lhe ter cabido tão mesquinha parte: "Os meus irmãos," dizia, "poderão ganhar a vida honestamente, trabalhando juntos. Quanto a mim, depois de comer o gato e de fazer com a sua pele um regalo, com certeza morrerei de fome".

O gato, que ouvia esse discurso, fazendo-se de desentendido, lhe disse, circunspecto e sério:

— Não se aflija, meu senhor, basta dar-me um saco e um par de botas para andar pelos matagais, e verá que não lhe tocou tão mesquinha parte assim.

Embora o dono do gato pusesse muita fé naquelas palavras, tinha visto o gato servir-se de tantos ardis para capturar os ratos e os ratinhos, ora pendurando-se pelos pés, ora escondendo-se na farinha para fingir-se de morto, que acabou tendo alguma esperança de que o gato o socorresse em meio à sua miséria.

Quando o gato recebeu o que havia pedido, calçou decididamente as botas, pôs o saco no pescoço, puxou os cordões com as duas patas da frente, e foi até uma coelheira repleta de coelhos. Pôs farelo e folhas de alface selvagem[2] no saco, e deitando-se na terra como se estivesse morto, esperou que algum filhote de coelho, ainda não iniciado na manhas deste mundo, viesse meter-se no saco para comer tudo o que lá havia.

---

[2] *Lasserons*, no original: folhas de alface selvagem (palavra velha já no século XVII).

Mal se tinha deitado na terra, ficou contentíssimo: um coelho, todo atarantado, e novo tanto em anos quanto em juízo, entrou no saco e o mestre gato puxou logo os cordões, pegou-o e matou-o sem misericórdia.

Todo orgulhoso da sua presa, foi até o rei e pediu para falar-lhe. Disseram-lhe que subisse aos aposentos de Sua Majestade, onde, ao entrar, fez uma grande reverência ao rei, e lhe disse:

— Eis, Senhor, um coelho de coelheira que o Senhor Marquês de Carabás — era o nome que lhe agradava dar ao seu dono — me encarregou de presentear-lhe da parte dele.

— Diga ao seu dono — respondeu o rei — que lhe agradeço e que me deu grande prazer.

Certa vez, ele foi esconder-se num campo de trigo, mantendo sempre o saco aberto, e quando duas perdizes nele entraram, o gato puxou os cordões e pegou as duas. Foi, em seguida, apresentá-las ao rei, como tinha feito quando pegara o coelho de coelheira. O rei recebeu ainda com mais prazer as duas perdizes, e mandou dar-lhe uma gorjeta.

O gato continuou assim, a levar, de quando em quando, ao rei o fruto da caça do seu dono.

Um dia, tendo ouvido que o rei passearia à beira do rio com a filha, a mais linda princesa do mundo, ele disse ao seu dono:

— Se seguir o meu conselho, a sua fortuna estará garantida: basta banhar-se no rio no lugar que lhe mostrarei, e deixe que o resto eu faço.

O marquês de Carabás fez o que o gato lhe aconselhou, sem saber para quê serviria aquilo.

Enquanto ele se banhava, o rei passou por lá, e, de súbito, o gato começou a gritar com todas as suas forças:

— Socorro, socorro! O marquês de Carabás está afogando-se!

A tamanha gritaria, o rei pôs a cabeça na portinhola da carruagem, e reconhecendo o gato que lhe havia tantas vezes levado caça, ordenou aos guardas que corressem depressa a socorrer o marquês de Carabás.

Enquanto tiravam o pobre marquês da água, o gato se aproximou da carruagem e disse ao rei que, quando o seu senhor se banhava, os ladrões vieram para levar-lhe a roupa, embora ele tivesse gritado o mais alto que pode. O espertalhão tinha escondido as vestes debaixo de uma pedra.

O rei deu ordem imediata aos oficiais do seu guarda-roupa para que fossem pegar uma das suas mais belas vestimentas para o Senhor Marquês de Carabás.

O rei lhe fez mil cumprimentos, e como a bela vestimenta que lhe acabavam de lhe dar realçava a sua boa aparência (pois era belo e de boa compleição), a filha do rei o achou muito simpático e agradável, e bastaram dois ou três olhares do marquês[3] de Carabás, respeitosos e ternos, para ela ficar loucamente apaixonada por ele. O rei quis que ele subisse na carruagem e que os acompanhasse no passeio.

O gato, envaidecido por ver que o seu intento começava a dar certo, tomou-lhes a frente. E, ao encontrar alguns camponeses que ceifavam um prado, disse-lhes:

— Boas gentes que ceifam o prado, se não disserem ao rei que o prado que ceifam ao Senhor Marquês de Carabás, vão virar picadinho.

E, de fato, o rei perguntou aos ceifadores a quem pertencia o prado que eles ceifavam.

— Pertence ao Senhor Marquês de Carabás — disseram todos juntos, pois a ameaça do gato os havia assustado.

— O senhor tem belas posses — disse o rei ao marquês de Carabás.

— Como o Senhor mesmo pode ver — respondeu o marquês. — É um prado que todo ano me dá uma colheita muitíssimo abundante.

O mestre gato, que estava sempre na dianteira, encontrou alguns camponeses que faziam a colheita e lhes disse:

---

[3] *Comte*, no original, que significa *conde*.

— Boas gentes que fazem colheita, se não disserem que todos esses trigais pertencem ao Senhor de Carabás, vão virar picadinho.

Alguns instantes depois, o rei passou por ali, e quis saber a quem pertenciam todos aqueles trigais que ele via.

— Pertencem ao Senhor Marquês de Carabás — responderam os camponeses.

E o rei ficou ainda mais encantado com o marquês.

O gato, que seguia sempre adiante, dizia a mesma coisa a todos que encontrava, e o rei estava simplesmente estupefato com as grandes posses do Senhor Marquês de Carabás.

Enfim, o mestre gato chegou a um lindo castelo, cujo dono era um ogro, o mais rico que já se viu, pois todas as terras pelas quais o rei passara dependiam desse castelo.

O gato, que teve o cuidado de informar-se quem era o ogro, e o que sabia fazer, pediu para falar-lhe, dizendo que não gostaria de passar tão perto do castelo sem ter a honra de cumprimentá-lo.

O ogro o recebeu tão polidamente quanto o pode um ogro, e ofereceu-lhe repouso.

— Garantiram-me — disse o gato — que o senhor tem o dom de transformar-se em todas as espécies de animais, como, por exemplo, num leão ou num elefante.

— É verdade — respondeu o ogro, rispidamente — e para mostrá-lo, vou transformar-me num leão.

O gato ficou com tanto medo ao ver um leão à sua frente, que subiu num átimo para as calhas, não sem esforço e perigo, devido às botas que não eram boas para andar por calhas e cnos, sobre telhas.

Algum tempo depois, o gato, tendo visto que o ogro havia retomado a forma de antes, desceu, e confessou que tivera muito medo.

— Asseguraram-me também — disse o gato — mas isso eu não posso acreditar, que o senhor também pode tomar a forma dos mais ínfimos animais, como, por exemplo, um rato ou até mesmo um ratinho. Confesso que acho isso impossível.

— Impossível? — retomou o ogro. — O senhor verá.

E, na hora, transformou-se num ratinho, que se pôs a correr pelo assoalho. O gato, assim que o viu, se atirou sobre ele, e o comeu.

Enquanto isso o rei que viu, ao passar, o lindo castelo do ogro, quis entrar lá. O gato, ao ruído da carruagem que passava pela ponte levadiça, correu para fora e disse ao rei:

— Seja Vossa Majestade bem-vindo ao castelo do Senhor Marquês de Carabás.

— Como!? Senhor Marquês! — exclamou o rei. — Até este castelo é seu? Não há nada mais lindo do que este pátio e todas essas construções que o circundam. Vou vê-lo por dentro, se não se incomodar.

O marquês deu a mão à jovem princesa, e seguindo o rei que subia na frente, eles entraram numa sala onde havia uma magnífica refeição posta à mesa, que o ogro mandara preparar para os seus amigos que deviam vir vê-lo naquele mesmo dia, mas que não ousaram entrar, pois sabiam que o rei estava lá.

O rei estava encantado com as boas qualidades do Senhor Marquês da Carabás, e vendo a filha louca por ele, e considerando as suas grandes posses, lhe disse, depois de beber cinco ou seis copos:

— Só depende do Senhor, Marquês de Carabás, ser meu genro.

O marquês, fazendo grandes reverências, aceitou a honra que lhe fazia o rei, e naquele mesmo dia se casou com a princesa.

O gato se tornou um grande Senhor, e só corria atrás dos ratinhos por diversão.

MORALIDADE

Por maior que seja a bonança
De gozar de uma rica herança,
De um pai aos seus filhos queridos,
Aos mais jovens, frequentemente,
Agir sempre engenhosamente
Vale mais que os bens adquiridos.

OUTRA MORALIDADE

Se o filho de um moleiro, e com tal ligeireza,
Ganha o coração da princesa,
E se faz contemplar com olhos languescentes,
Para inspirar tanta ternura,
É porque o ar, o verdor e a vestidura,
Não são meios assim de todo indiferentes.

AS FADAS

Era uma vez uma viúva que tinha duas filhas. A mais velha se lhe assemelhava tanto no temperamento quanto no rosto, que quem quer que a visse, via nela a mãe. Ambas eram tão desagradáveis e tão altivas que era impossível conviver com elas. A caçula, que era o verdadeiro retrato do pai pela doçura e pela educação, era uma das mais lindas moças que já se viu. Mas como se ama naturalmente o seu semelhante, a mãe era louca pela filha mais velha e, ao mesmo tempo, tinha terrível aversão pela caçula. Mandava-a comer na cozinha e trabalhar incessantemente.

Além disso, essa pobre menina tinha que ir duas vezes por dia buscar água num lugar que ficava a três quilômetros da sua casa, e trazer um grande cântaro cheio.

Certo dia em que estava à beira da fonte, veio até ela uma pobre mulher rogar-lhe que lhe desse de beber.

— Mas é claro, senhora! — disse a linda moça, e logo depois de lavar o cântaro, encheu-o da melhor água da fonte, e o deu à mulher, segurando-a para que ela pudesse beber com mais facilidade. Depois de beber, a boa mulher lhe disse:

— Como é tão bonita, tão boa, e tão bem educada não posso deixar de lhe conceder um dom (pois era uma fada que havia tomado a forma de uma pobre mulher aldeã, para ver até onde iria a boa educação da moça). — Concedo-lhe o dom — prosseguiu a fada — de sair-lhe pela boca uma flor ou uma pedra preciosa a cada palavra que disser.

Quando a linda moça chegou à casa, a mãe a repreendeu por voltar tão tarde da fonte.

— Perdão mamãe, — disse a pobre moça — por ter demorado tanto.

E ao dizer essas palavras, saíram-lhe da boca duas rosas, duas pérolas e dois grandes diamantes.

— O que vejo!? — disse a mãe, estupefata. — Acho que lhe saem da boca pérolas e diamantes. — De onde vem isso, minha filha? (Foi a primeira vez que a chamou de filha).

A pobre menina lhe contou ingenuamente tudo o que lhe tinha acontecido, não sem lançar uma infinidade de diamantes.

— Realmente — disse a mãe —, preciso enviar a minha filha.

— Olhe, Francisquinha, veja o que sai da boca da sua irmã quando ela fala. Não gostaria de ter o mesmo dom? Basta ir buscar água na fonte e quando uma pobre mulher lhe pedir de beber, dar-lhe o que pede educadamente.

— Era só o que me faltava — respondeu a fera orgulhosa — ir à fonte.

— Quero que vá — respondeu a mãe —, e imediatamente.

Ela foi, mas resmungando o tempo todo. Pegou o mais bonito jarro de prata que havia em casa. Nem bem chegara à fonte, viu sair do bosque uma senhora magnificamente vestida que lhe foi pedir de beber: era a mesma fada que aparecera à sua irmã, mas pusera roupas e assumira ares de princesa, para ver até onde iria a má educação da moça.

— Acha que vim aqui — disse-lhe a fera orgulhosa — para dar-lhe de beber? Acha que trouxe um jarro de prata exclusivamente para dar de beber à senhora? Vá beber na fonte, se quiser.

— Não é nem um pouco educada — retornou a fada, sem se perturbar. — Muito bem! Visto que é tão malcriada, concedo-lhe o dom de sair-lhe pela boca uma serpente ou um sapo a cada palavra que disser.

Assim que a mãe a viu, gritou-lhe:

— Muito bem, minha filha!

— Muito bem, minha mãe! — respondeu-lhe a fera, lançando duas víboras e dois sapos pela boca.

— Oh, Céus! — gritou a mãe. — O que vejo? A sua irmã é a culpada, ela me pagará.

E logo correu para surrá-la. A pobre menina fugiu e foi esconder-se na floresta que ficava ali perto. O filho do rei, que voltava da caça, encontrou-a, e vendo-a tão linda, perguntou-lhe o que fazia ela ali sozinha e por que chorava.

— Ai de mim, Senhor! Minha mãe me expulsou de casa.

O filho do rei, que viu saírem da sua boca cinco ou seis pérolas, e a mesma quantidade de diamantes, rogou que lhe dissesse de onde vinha aquilo. Ela lhe contou toda a sua aventura. O filho do rei apaixonou-se, e, considerando que tamanho dom valia mais do que tudo o que se pudesse dar como dote, a levou ao palácio real, onde a desposou.

Quanto à sua irmã, ela se fez tanto odiar, que a sua própria mãe a expulsou de casa, e a infeliz, depois de ter percorrido muitos lugares sem encontrar a quem a quisesse acolher, morreu sozinha num canto do bosque.

MORALIDADE

As Moedas e os Diamantes,
Sobre as Almas têm seu poder;
Porém, as palavras galantes
Têm ainda mais força e podem mais valer.

OUTRA MORALIDADE

A educação pede cuidados,
E requer o ser diligente,
Mas, cedo ou tarde, isso é recompensado,
E quando menos nós pensamos, geralmente.

CINDERELA OU O SAPATINHO DE VIDRO[1]

---

[1] *Verre*, no original. No século XIX, Balzac e Littré acharam absurda a grafia de Perrault e quiseram um material mais "verossímil". Então, no lugar de *verre* puseram o seu homônimo *vair* (pele de esquilo). Já nós, em pleno século XXI, após tantas teorizações sobre o conto de fadas, cujo ingrediente mais importante julgamos ser o maravilhoso, seguimos o original *verre*.

Era uma vez um gentil-homem que contraiu segundas núpcias com a mais altiva e soberba mulher que já se viu. Tinha ela duas filhas com caráter igual ao seu, e que se lhe assemelhavam em tudo. O marido também tinha uma filhinha, de doçura e bondade ímpares. Isso lhe vinha da mãe, que era a melhor pessoa do mundo.

Nem bem se havia casado, a madrasta mostrou o seu mau caráter. Não suportava as boas qualidades da menina, que deixavam as suas próprias filhas ainda mais detestáveis. Então, encarregou-a das mais vis tarefas da casa: lavar a louça e os degraus da escada, esfregar o chão do quarto da senhora e os das senhoritas suas filhas. Dormia no alto da casa, num sótão, em cima de um horrível esfregão, enquanto as suas irmãs ficavam em quartos de assoalho, onde tinham camas mais do que na moda, e espelhos em que se miravam dos pés à cabeça.

A pobre menina suportava tudo com paciência e não ousava queixar-se ao pai, que a censuraria, porque a esposa o dominava por completo. Depois de executar as suas tarefas, ela ia para um canto da lareira e sentava-se no borralho, e por isso os da casa a chamavam de Gata Borralheira.[2] A caçula, que não era tão desonesta quanto a mais velha, a chamava de Cinderela. Porém Cinderela, mesmo com os seus farrapos, era cem vez mais bonita do que as irmãs, que, no entanto, se vestiam esplendorosamente.

---

[2] Aqui há um jogo de palavras. *Cendrillon* (palavra antiga e título do conto em francês) era o caldeirão que ficava no átrio da lareira. Já *Cucendron* — como a chamavam os da casa — quer dizer que a personagem ficava sentada (punha a bunda — cul) no borralho, nas cinzas, como os gatos costumam fazer. Daí a tradução mais correta do conto em português ser *A Gata Borralheira*, já que ela não se chamava *Cendrillon*. Era assim tratada por uma das irmãs que não era tão perversa a ponto de chamá-la de *Cucendron*. Não sabemos o seu nome, somente o seu apelido. Na Antiguidade, sentar-se nas cinzas era sinal de dor, humilhação ou penitência.

Certo dia, aconteceu de o filho do rei oferecer um baile, para o qual convidou toda a nobreza: as duas senhoritas também foram convidadas, pois se destacavam na região.

De imediato, ambas se puseram a prepapar-se e a escolher os vestidos e os penteados que lhes assentassem melhor. Foi mais um golpe para Cinderela, pos era ela quem passava a roupa das irmãs e fazia as pregas nos punhos. Só se falava em como as pessoas se vestiriam

— Eu — disse a mais velha — porei o meu vestido de veludo vermelho, com gola e punhos feitos com renda da Inglaterra.

— E eu — disse a caçula — usarei a minha saia de sempre, mas, em compensação, porei o meu manto de flores de ouro e o barrete de diamantes, o que não é coisa pouca.

Mandaram chamar a cabeleireira, para armar os penteados, que se resumiam em dois canudinhos bem altos, um de cada lado da cabeça, e compraram pintas pretas da melhor costureira.[3] Feito isso, chamaram Cinderela para dar a sua opinião, pois confiavam no seu bom gosto. Cinderela lhes aconselhou o melhor que pôde, e ofereceu-se para penteá-las, o que foi aceito de imediato. Enquanto as penteava, elas lhe perguntaram:

— Cinderela quer ir ao baile?

— Quem sou eu, senhoritas! Estão zombando de mim, não é um lugar aonde devo ir.

— Tem razão, todos cairiam na gargalhada ao ver uma Gata Borralheira indo ao baile.

Se fosse outra, em vez de Cinderela, as deixaria de todo despenteadas, mas como ela era boa, as penteou muitíssimo bem.

Elas ficaram quase dois dias sem comer, de tão alegres que estavam. Arrebentaram mais de doze fitas de tanto apertá--las para tornar a cintura mais fina, e não saíam da frente do espelho.

---

[3] Naquela época, as mulheres punham pintas pretas no rosto para lhes ressaltar a brancura ou indicar os seus sentimentos (havia a galante, a apaixonada, a coquete, a assassina, etc). A moda viera da Itália.

Enfim, chegou o feliz dia, todas se foram, e Cinderela as seguiu com os olhos o máximo de tempo que pôde. Quando não as avistou mais, caiu aos prantos. A sua madrinha, vendo que ela não parava de chorar, perguntou-lhe o que tinha.

— Eu queria tanto... eu queria tanto...

E chorava tão forte que não conseguiu terminar.

A madrinha, que era fada, disse-lhe:

— Queria tanto ir ao baile, não?

— Queria — disse Cinderela, suspirando.

— Se me prometer que vai comportar-se — disse a madrinha —, vou mandá-la ao baile.

Levou-a ao seu quarto e disse-lhe:

— Vá ao jardim e traga-me uma abóbora.

Cinderela foi logo colher a mais bela que pôde encontrar, e a levou à madrinha, sem poder adivinhar como aquela abóbora a poderia levar ao baile. A madrinha a abriu, tirou o miolo, ficando só com a casca, que tocou com a varinha de condão, e a abóbora, de repente, se transformou numa linda carruagem toda dourada.

Em seguida, foi olhar na ratoeira, onde encontrou seis ratinhos vivos. Então, pediu à Cinderela que levantasse um pouco a grade da ratoeira, e em cada ratinho que saía, ela tocava com a varinha, e o ratinho logo se transformava num belo cavalo, o que formou uma bonita atrelagem de seis cavalos, com manchas cinzentas da cor dos ratinhos, mescladas com brancas.

Como estava à procura de um cocheiro, Cinderela disse:

— Vou ver se não há algum ratão na grande ratoeira para dele fazermos um cocheiro.

— Está certa — disse a madrinha. — Vá ver.

Cinderela lhe trouxe a ratoeira, onde havia três ratões. A fada pegou o que tinha o mais vistoso bigode, e tendo-o tocado, ele se transformou num grande cocheiro, que tinha um dos mais belos bigodes jamais vistos.

Depois, disse à Cinderela:

— Vá ao jardim; lá encontrará seis lagartos atrás do regador, que me trará.

Mal os trouxe, a madrinha os transformou em seis lacaios,[4] que subiram logo à parte traseira da carruagem, de vestes enfeitadas com lenços e galões, mantendo-se agarrados, como se não tivessem feito outra coisa na vida.

Feito isso, a fada disse à Cinderela:

— Bom, já tem como ir ao baile, não está contente?

— Estou, mas irei com essa roupa de camponesa?

À madrinha bastou tocá-la com a varinha de condão e, de repente, a roupa se transformou num vestido de ouro e prata, todo enfeitado com pedras preciosas. Em seguida, deu-lhe um par de sapatinhos de vidro, os mais lindos do mundo.

Depois de ficar assim arrumada, ela subiu à carruagem, mas a madrinha lhe recomendou sobretudo que voltasse antes da meia-noite, advertindo-a de que se ficasse no baile um instante mais, a carruagem voltaria a ser uma abóbora, os cavalos, ratinhos, os lacaios, lagartos, e a linda roupa retomaria a sua primeira forma. Ela prometeu à madrinha que não deixaria de sair do baile antes da meia-noite. Depois, partiu, não se contendo de alegria.

O filho do rei, a quem foram avisar que tinha acabado de chegar uma princesa que ninguém conhecia, correu para recebê-la. Deu-lhe a mão para que ela descesse da carruagem, e a conduziu até o salão onde todos estavam. De repente, fez-se um grande silêncio. A dança cessou e os violinos não tocaram mais, de tão atentos que todos estavam em contemplar a beleza exuberante daquela desconhecida. Só se ouvia um burburinho confuso: "Ah! Como é linda!". O próprio rei, embora idoso, não conseguia tirar os olhos dela, e de dizer baixinho à rainha que há muito tempo ele não via uma pessoa tão linda e tão adorável. Todas as damas estavam atentas em observar o seu penteado e o seu vestido, para terem, no dia seguinte, um vestido igual ao dela, contanto que se achasse tecido tão belo e costureiros tão hábeis.

---

[4] Na época, julgavam-se os lacaios tão preguiçosos quanto os lagartos.

O filho do rei a pôs no lugar de maior honra, e, em seguida, a convidou a dançar. Ela dançou com tanta graça, que todos a admiraram ainda mais. Trouxeram uma bela refeição, que o jovem príncipe não comeu, de tão ocupado que estava em contemplá-la. Ela foi sentar-se perto das irmãs e lhes fez mil amabilidades: deu-lhes algumas laranjas e limões,[5] que o príncipe lhe ofertara, o que as deixou surpresas, pois tampouco elas a conheciam.

Enquanto assim conversavam, Cinderela ouviu soarem as onze horas e quarenta e cinco minutos. Logo, fez uma grande reverência a todos e se foi o mais rápido que pôde. Assim que chegou à casa, foi ter com a madrinha, e depois de lhe haver agradecido, disse que gostaria muito de ir no dia seguinte ao baile, pois o filho do rei lhe havia pedido.

Quando fazia à madrinha o relato de tudo o que ocorrera no baile, as duas irmãs bateram à porta. Cinderela foi abrir.

— Como demoraram para voltar! — disse-lhes, bocejando, esfregando os olhos, e indo deitar-se como se tivesse acabado de despertar.

No entanto, não tinha mais vontade de dormir depois que elas chegaram.

— Se tivesse ido ao baile — disse-lhe uma das irmãs — não ficaria entediada: lá esteve a mais linda princesa, a mais linda que se possa ver; ela foi muito amável conosco e nos deu laranjas e limões.

Cinderela não se continha de alegria: perguntou-lhes o nome da princesa, mas elas lhe responderam que não o sabiam, que o filho do rei estava sofrendo muito e que daria todas as coisas do mundo para saber quem era a princesa.

Cinderela sorriu e disse-lhes:

— Quer dizer que era muito bonita? Meu Deus! Como são felizes, será que também eu poderia vê-la? Por favor, senhorita

---

[5] Frutas raras, exóticas e caras na Europa naquela época.

Javotte,[6] empreste-me aquele vestido amarelo que usa todos os dias.

— Realmente, quem pensa que é? Emprestar o meu vestido a uma Gata Borralheira! Só se fosse louca!

Cinderela esperava essa recusa, e ficou até satisfeita, pois estaria em maus lençóis se a irmã concordasse em emprestar-lhe o vestido.

No dia seguinte, as duas irmãs foram ao baile, e Cinderela também, ainda mais enfeitada do que da primeira vez. O filho do rei ficou o tempo todo ao lado dela, e não parou de lhe falar coisas agradáveis. A jovem donzela não se entediava de modo algum, e, por isso, acabou por esquecer-se do que a madrinha lhe havia recomendado, tanto é que quando soou a primeira badalada da meia-noite, ela achava que ainda eram onze horas: levantou-se e se foi tão rapidamente como o faria um cervo.

O príncipe a seguiu, mas não conseguiu alcançá-la, porém ela deixou cair um dos seus sapatinhos de vidro, que o príncipe pegou com todo o cuidado. Cinderela chegou à casa esbaforida, sem carruagem, sem lacaios, e com a roupa de camponesa, só lhe restando de toda a sua magnificência um dos seus sapatinhos, o par daquele que ela deixara cair. Perguntaram aos guardas da porta do palácio se não tinham visto sair uma princesa, e eles responderam que não tinham visto sair ninguém, a não ser uma moça muito mal vestida, e que se parecia muito mais com uma camponesa do que com uma princesa.

Quando as duas irmãs voltaram, Cinderela lhes perguntou se o baile tinha sido divertido, e se a bela dama lá estivera.

---

[6] Embora façamos o possível para traduzir todos os nomes próprios, aqui Perrault inventa um nome, talvez sem a intenção de fazê-lo. Marc Soriano o analisa assim : "Há uma brincadeira — uma linguagem convencional das crianças — que consiste, em francês, em intercalar nas palavras as sílabas *av* ou *va*, com o fito de tornar o texto incompreensível para os não iniciados. Em *Cinderela*, há um breve fragmento dessa brincadeira em estado puro. Na realidade, suprimindo a sílaba *av* da palavra *Javotte*, nome da irmã mais velha de Cinderela, *Javotte* se torna *Jotte*, ou seja, foneticamente *J'ôte* (ponho fora do alcance, do poder; suprimo; furto; elimino, entre outros), verbo que caracteriza essa peste egoísta e frustradora".

Responderam que sim, mas que ela fugira quando soou a meia-noite, e tão rapidamente que deixou cair um dos seus sapatinhos de vidro, o mais lindo do mundo. Em seguida, disseram que o filho do rei o pegara, e ficara olhando só para o sapatinho durante todo o resto do baile, e que, com certeza, estava muito apaixonado pela linda pessoa a quem pertencia aquela preciosidade.

Elas disseram a verdade, porque, alguns dias depois, o filho do rei mandou alardear ao som das trombetas que se casaria com aquela em cujo pé coubesse o sapatinho. O teste começou com as princesas, em seguida com as duquesas, e com toda a Corte, porém inutilmente.

Então, foram à casa das duas irmãs, que fizeram o possível para que o pé entrasse no sapatinho, mas não conseguiram. Cinderela, que as observava, e que reconheceu o seu sapato, disse, rindo: "Gostaria de ver se cabe no meu pé". As irmãs começaram a rir e a zombar dela.

O gentil-homem, que fazia o teste do sapato, olhou atentamente para Cinderela, julgou-a muito bonita, e depois falou que era justo que a moça experimentasse o sapatinho, pois ele tinha ordem de fazer o teste em todas as jovens do reino. Mandou Cinderela sentar-se, e ao aproximar o sapatinho do pequenino pé, viu que este entrava naquele sem dificuldade alguma, e achou que o sapatinho havia sido moldado na cera exatamente para aquele pé. A surpresa das duas irmãs foi grande, porém ainda maior quando Cinderela tirou do bolso o outro sapatinho e o calçou. Nisso, chegou a madrinha, que, com um simples toque na roupa de Cinderela, a transformou num vestido ainda mais magnífico do que os outros.

Finalmente, as duas irmãs a reconheceram como a mais linda pessoa que tinham visto no baile. Lançaram-se aos seus pés para lhe pedir perdão por todos os maus-tratos que elas lhe haviam feito sofrer. Cinderela as mandou levantar, e disse que lhes perdoava de coração, pedindo que gostassem dela para sempre.

Levaram-na até o jovem príncipe, toda enfeitada: ele a julgou mais linda do que nunca, e alguns dias depois, a desposou. Cinderela, que era tão boa quanto bonita, abrigou as irmãs no palácio e as casou naquele dia mesmo com dois grandes senhores da Corte.

MORALIDADE

É o tesouro do Belo o que à mulher apraz,
E de admirá-lo nós não nos cansamos;
Mas ao que boa graça nós chamamos
Preço não há, e vale ainda muito mais.

Foi o que à Cinderela o mostrou a madrinha,
Sempre a instruindo, bem como a educando,
Tanto é que a transformou numa rainha:
(Com este conto, assim, se vai moralizando.)

Ser bela vale mais que estar bem penteada,
Para conseguir, ter a pessoa adorada,
E a boa graça o vero dom das fadas;
Dá-nos tudo ou então ficamos sem nada.

OUTRA MORALIDADE

E mesmo uma grande vantagem
Ter espírito, ter coragem,
Ter rico berço, ter bom-senso,
E outros semelhantes talentos,
Que o Céu nos dá no partimento;
Porém, por mais que os recebamos,
Para o êxito serão coisas mesquinhas,
Se para que eles valham, não tenhamos
Padrinhos ou então madrinhas.

RIQUETE DO TOPETE

Era uma vez uma rainha que deu à luz um filho tão feio e de tão má compleição, que se duvidou por muito tempo se tinha forma humana. Uma fada, que estava presente quando o menino nasceu, assegurou que nem por isso ele deixaria de ser agradável, porque seria muito inteligente. Acrescentou que poderia até mesmo, em virtude do dom que lhe acabava de conceder, dar inteligência a quem mais amasse.

Tudo isso consolou um pouco a pobre rainha, que estava muito aflita por ter posto no mundo tamanha aberração. A verdade é que a criança começou a falar muito cedo e disse mil coisas lindas, e que em tudo o que fazia tinha um pouquinho de engenho, que a todos encantava. Esqueci-me de dizer que ele veio ao mundo com um pequeno topete na cabeça, o que fez todos o chamarem de Riquete do topete, pois Riquete era o nome da família.

Ao fim de sete ou oito anos, a rainha de um reino vizinho deu à luz duas filhas. A primeira que veio ao mundo era mais linda do que o dia: a rainha ficou tão feliz que se temeu que tanta alegria lhe fizesse mal. A mesma fada que havia assistido ao nascimento do pequeno Riquete do topete estava presente, e para moderar a alegria da rainha declarou que aquela princesa não seria nem um pouco inteligente, e que seria tão estúpida quanto o era bonita.

Isso mortificou a rainha. Porém, ela teve, alguns momentos depois, uma tristeza ainda maior, pois a segunda filha a que dera à luz era feia ao extremo.

— Não fique tão aflita, senhora — disse-lhe a fada. — A sua filha será recompensada de outro modo. Será tão inteligente, que quase não se perceberá que lhe falta beleza.

— Deus o queira! — respondeu a rainha. — Mas não haverá um jeito de conceder um pouco de inteligência à mais velha, que é tão bonita?

— Não posso fazer nada por ela no que diz respeito à inteligência — disse-lhe a fada. — Mas posso fazer tudo no que diz respeito à beleza, e como não posso satisfazê-la, senhora, vou conceder-lhe o dom de poder tornar belo ou bela a quem mais lhe aprouver.

À medida que as duas princesas cresciam, as suas perfeições cresciam com elas, e se falava por toda parte da beleza da mais velha, e da inteligência da caçula. E também verdade que os seus defeitos aumentavam muito com a idade. A caçula se enfeava a olhos vistos, e a mais velha se tornava mais estúpida dia a dia. Ou não respondia nada ao que lhe perguntavam, ou dizia uma tolice. Era tão desajeitada que não conseguia arrumar quatro porcelanas no rebordo da lareira sem quebrar uma, nem beber um copo de água sem derramar a metade na roupa.

Embora a beleza seja uma grande vantagem numa pessoa jovem, a caçula, entretanto, superava sempre a irmã em todas as reuniões. Todos iam, primeiro, ter com a mais bela para vê-la e admirá-la, mas logo em seguida iam ter com a que era mais inteligente, para ouvi-la dizer mil coisas agradáveis. E ficavam surpresos de que em menos de quinze minutos a mais velha já não tivesse ninguém ao seu lado, e que todo mundo rodeasse a caçula. A primogênita, embora fosse muito estúpida, percebia isso muito bem, e daria, sem remorso algum, toda a sua beleza para ter metade da inteligência da irmã. A rainha, experiente como era, não podia deixar de repreender várias vezes essa tolice, pois tinha medo de que isso fizesse a pobre princesa morrer de desgosto.

Certo dia em que se tinha ido retirar num bosque para se lamentar do seu infortúnio, viu chegar até ela um homenzinho muito feio e desagradável, porém vestido magnificamente. Era o jovem príncipe Riquete do topete, que, tendo-se apaixonado por ela pelos seus retratos que percorriam o mundo, havia deixado o reino do seu pai para ter o prazer de vê-la e falar-lhe.

Encantado por encontrá-la assim sozinha, ele a aborda com todo o respeito e toda a educação imagináveis. Tendo observado, depois de lhe ter feito os cumprimentos de praxe, que ela estava muito melancólica, diz-lhe:

— Não compreendo como uma pessoa tão linda possa ser também tão triste como a senhora parece estar, porque, embora eu possa gabar-me de ter visto uma infinidade de pessoas belas, posso dizer que nunca vi nenhuma cuja beleza se iguale à sua.

— Isso é o que lhe agrada dizer, senhor — respondeu a princesa —, e sou apenas isto: bela.

— A beleza — retomou Riquete do topete — é uma vantagem tão grande que deveria ocupar o lugar de todo o resto, e quando a possuímos, não vejo como pode haver algo que nos possa afligir tanto.

— Preferiria muito mais — disse a princesa — ser tão feia quanto o senhor e ser inteligente, a ter a beleza que tenho e ser tão bela como sou.

— Não há nada, senhora, que mostre que temos inteligência do que acreditar que não a temos, e é natural o dom de quanto mais a temos, menos acreditamos tê-la.

— Não sei nada disso — disse a princesa — só sei que sou muito bonita, e que é disso que provém a tristeza que me mata.

— Se é só isso que a aflige, senhora, posso facilmente pôr fim a sua dor.

— E como o faria? — perguntou a princesa.

— Eu tenho o poder, senhora — disse Riquete do topete — de dar o máximo de inteligência possível à pessoa que eu mais ame, e como a senhora é essa pessoa, está nas suas mãos ter o máximo de inteligência possível, contanto que queira realmente casar-se comigo.

A princesa ficou paralisada, e nada respondeu.

— Vejo — retomou Riquete do topete — que essa proposta lhe fez mal, e eu não me surpreendo. Mas dou-lhe um ano inteirinho para que se decida casar-se comigo.

A princesa tinha tão pouca inteligência, e ao mesmo tempo uma vontade enorme de tê-la, que pensou que o fim do ano proposto não chegaria nunca, de modo que aceitou a proposta.

Assim que prometeu ao Riquete do topete que o desposaria dentro de um ano, exatamente no mesmo dia do atual encontro, sentiu-se diferente do que era antes. Viu que era incrivelmente fácil falar sobre tudo o que lhe agradava, e de maneira delicada, fluente e natural. Começou, de imediato, uma conversa galante e escorreita com Riquete do topete, em que ela brilhou tanto que ele acreditou que lhe tinha dado mais inteligência do que a que reservara para si próprio.

Quando voltou ao palácio, toda a Corte não sabia o que pensar de uma mudança tão súbita e tão extraordinária, pois como todos a tinham ouvido dizer tantas impertinências antes, todos a ouviam dizer agora coisas muito sensatas e inteligentíssimas. Toda a Corte ficou tão alegre que não se pode imaginar. Só a caçula não gostou muito, porque já não tendo sobre a mais velha a vantagem da inteligência, não pareceria ao lado dela mais do que uma macaca muito desagradável. O rei a apoiava, e chegou até mesmo a reunir o conselho nos seus aposentos.

A notícia dessa mudança se espalhou como rastilho de pólvora, e todos os jovens príncipes dos reinos vizinhos não mediram esforços para se fazerem amar, e quase todos a pediram em casamento. Mas ela não encontrava nenhum que tivesse inteligência o bastante, e escutava a todos sem decidir-se casar-se com nenhum. No entanto, veio um príncipe tão poderoso, tão rico, tão inteligente e de tão boa compleição, que ela não pôde impedir-se de ter boa vontade para com ele. Percebendo isso, o seu pai lhe disse que a deixava escolhê-lo por esposo e que lhe bastava dizer que o queria. Todavia, quanto mais inteligência se tem, mais terrível se torna tomar uma firme resolução sobre um caso desse tipo. Assim, pediu, após agradecer ao pai, que ele lhe desse tempo para pensar no assunto.

Ela foi, por acaso, passear no mesmo bosque onde encontrara Riquete do topete, para refletir mais à vontade sobre o que devia fazer. Enquanto passeava, devaneando profundamente, ouviu um ruído surdo sob os pés, como o de várias pessoas que vão e vêm e agem. Apurando os ouvidos, ouviu uma que dizia:

— Traga-me aquela panela.

E outra:

— Dê-me aquele caldeirão.

E mais uma:

— Ponha lenha no fogo.

No mesmo instante o chão se abriu e ela viu, debaixo dos seus pés, uma grande cozinha cheia de cozinheiros, ajudantes de cozinha e todos os tipos de empregados necessários para fazer um banquete magnífico. De lá, saiu um bando de vinte ou trinta assadores, que vinham juntar-se num caminho do bosque à volta de uma mesa compridíssima, e todos, com a lardeadeira nas mãos e a cauda de raposa sobre a orelha,[1] se puseram a trabalhar em cadência ao som de uma harmoniosa canção.

A princesa, espantada com aquele espetáculo, perguntou-lhes para quem trabalhavam.

— Senhora — respondeu o mais elegante do bando — trabalhamos para o príncipe Riquete do topete, cujo casamento ocorrerá amanhã.

A princesa, ainda mais estupefata do que estava, e relembrando-se, de súbito, de que fazia um ano que nesse mesmo dia ela prometera casar-se com o príncipe Riquete do topete, achou que ia cair do alto do seu pedestal. O que causara o seu esquecimento foi que, quando fez a promessa, ainda era estúpida, e que ao tomar a nova inteligência que o príncipe lhe dera, ela se esquecera de todas as suas tolices.

---

[1] *Lardeadeira:* o instrumento que corta o toucinho em tirinhas. *Cauda de raposa:* gorro com cauda, que caía sobre a orelha, usado pelos cozinheiros das grandes casas.

Resolveu continuar o seu passeio, porém mal havia dado trinta passos, Riquete do topete surgiu à sua frente, muito bem vestido, magnífico, e como um príncipe que vai casar-se.

— Eis-me aqui exatamente para cumprir a palavra, e não duvido de que tenha vindo aqui para honrar a sua, e tornar-me, dando-me a sua mão, o mais feliz de todos os homens.

— Vou confessar-lhe francamente — respondeu a princesa — que ainda não tomei a minha resolução sobre isso, e acho que nunca poderei tomá-la a seu favor.

— Surpreende-me, senhora — disse-lhe Riquete do topete.

— Acho — disse a princesa — que, certamente, se eu estivesse lidando com um homem brutal, estúpido, ficaria muito embaraçada. "Uma princesa tem que honrar a palavra, me diria ele, e a senhora tem que se casar comigo, já que me prometeu". Mas como aquele a quem falo é o homem mais inteligente do mundo, tenho certeza de que entenderá. O senhor sabe que quando eu era estúpida, não podia resolver casar-me com a sua pessoa. Como quer que, tendo a inteligência que me deu, que me torna mais difícil a escolha das pessoas do que quando eu não a possuía, tome eu agora uma resolução que não poderia tomar naquela época? Se o senhor acha que tem o direito de me desposar, foi um erro tirar-me a estupidez, e fazer-me ver as coisas mais claramente do que eu as via.

— Se um homem estúpido — respondeu Riquete do topete — tivesse o direito, como a senhora acaba de dizer, de repreendê-la por não honrar a palavra, por que quer, senhora, que eu não me sirva desse mesmo direito em algo que encerra toda a felicidade da minha vida? É sensato que as pessoas inteligentes tenham pior condição do que as que não o são? Poderia a senhora concordar com isso, a senhora que é tão inteligente, e que tanto o quis ser? Mas, voltemos ao fato, por favor. Deixando de lado a minha feiúra, há algo em mim que não lhe agrada? Está descontente com o meu nascimento, com a minha inteligência, com o meu humor, e com os meus modos?

— De modo algum — respondeu a princesa —, gosto de tudo no senhor, de tudo o que acaba de me dizer.

— Se é assim — retomou Riquete do topete — vou ser feliz, já que a senhora pode tornar-me o homem mais amável do mundo.

— E como isso se fará? — disse-lhe a princesa.

— Isso se fará — respondeu Riquete do topete — se amar-me o suficiente para desejar que isso aconteça. E para que a senhora não duvide, saiba que a mesma fada que no dia do meu nascimento me concedeu o dom de poder tornar inteligente a pessoa que eu mais amasse, também lhe concedeu o dom de poder tornar belo aquele a quem mais amar, e a quem desejar realmente fazer esse favor.

— Se é assim — disse a princesa -, eu desejo de todo o meu coração que o senhor se torne o mais belo e mais amável príncipe do mundo, e lhe concedo esse dom tanto quanto esteja ao meu alcance.

Mal pronunciou essas palavras, Riquete do topete surgiu aos olhos da princesa como o homem mais belo, mais amável, e de melhor compleição que ela já vira.

Há quem garanta que não foram os poderes da fada que conspiraram a favor de tão lindo desfecho, mas que só o amor operou essa metamorfose. Dizem que a princesa, depois de refletir sobre a perseverança do seu amante, sobre o seu bom-senso, e sobre todas as boas qualidades da sua alma e do seu intelecto, não viu mais a deformidade do seu corpo, nem a feiúra do seu rosto, que a sua corcunda só lhe pareceu o porte de um homem importante, e que, assim como até então o vira mancar terrivelmente, não viu mais que um certo modo de andar inclinado que a encantou. Dizem também que os seus olhos vesgos lhe pareceram mais do que brilhantes, que o seu defeito lhe passou pela mente como a marca de um violento excesso de amor, e que, enfim, o seu grande nariz vermelho teve para ela algo de marcial e de heroico.

O que quer que seja, a princesa prometeu, na hora, desposá-lo, contanto que ele obtivesse imediatamente o consentimento do rei, pai dela. Este, uma vez a par de que a filha tinha muita estima por Riquete do topete, que era, aliás, conhecido como um príncipe muito inteligente e sábio, recebeu-o com prazer por genro. No dia seguinte, foi realizado o casamento, como Riquete do topete o previra, e segundo as ordens que ele havia dado muito tempo antes.

MORALIDADE

*O que nós percebemos neste escrito
Não é um mero continho, e sim pura verdade;
Tudo é em quem amamos tão bonito,
Que o ser amado tem somente qualidades.*

OUTRA MORALIDADE

*Num ser em que puser a grã 'Natura
Belos traços, e a vívida pintura
De uma tez que não possa igualar a Arte,
Não terão esses dons tamanha parte
A fim de um coração tomar sensível,
      Como esse singular
      Atrativo invisível
Que o amor, somente, ali pode encontrar.*

O PEQUENO POLEGAR

Era uma vez um lenhador e uma lenhadora que tinham sete filhos, e todos meninos. O mais velho tinha só dez anos, e o caçula, sete. Pode causar surpresa que o lenhador tenha tido tantos filhos em tão pouco tempo, mas isso ocorria porque a sua esposa era apressada e costumava ter dois por vez.

Eles eram paupérrimos, e os seus sete filhos os incomodavam muito, porque nenhum deles podia ainda ganhar a vida. O que os entristecia ainda mais era o fato de o caçula ser muito delicado e de não dizer palavra: tomavam por retardamento mental o que era bondade da alma. Tinha estatura muito pequenina, e quando veio ao mundo, não era maior do que um polegar, por isso o chamaram de Pequeno Polegar. Esse pobre menino logo se tornou o saco de pancadas da casa, e punham a culpa nele por tudo. No entanto, era o mais inteligente e o mais sagaz de todos os irmãos, e se falava pouco, em compensação escutava muito.

Num ano deplorável e de grande escassez e fome, os pais resolveram livrar-se dos filhos. Certo dia, estando os meninos deitados, e o lenhador e a lenhadora ao pé do fogo, aquele disse a essa, de coração partido:

— Já deve ter percebido que não podemos mais alimentar os nossos filhos. Eu não conseguiria vê-los morrer de fome diante dos meus olhos, e, por isso, resolvi levá-los ao bosque amanhã para que se percam, o que será muito fácil, pois enquanto eles estiverem divertindo-se a empilhar galhos, só nos bastará irmos embora, sem que nos vejam.

— Ah! — exclamou a lenhadora — conseguirá mesmo deixar que os seus próprios filhos se percam?

Por mais que o marido lhe ressaltasse a sua pobreza, ela não podia permitir semelhante coisa: era pobre, mas era mãe.

Entretanto, depois de pensar como seria doloroso vê-los morrer de fome, concordou, e foi deitar-se aos prantos.

O Pequeno Polegar ouviu tudo o que eles disseram, pois, tendo ouvido lá de dentro que eles falavam de um plano, levantou-se silenciosamente, esgueirou-se e foi pôr-se debaixo do tamborete em que estava o pai para escutá-los sem ser visto. Voltou a se deitar e não dormiu o resto da noite, pensando no quê deveria fazer. Levantou-se cedinho e foi ao bosque, à margem de um regato, onde encheu os bolsos de pequenos pedregulhos brancos, e, em seguida, voltou para casa.

Todos saíram, e o Pequeno Polegar não revelou nada do que sabia aos irmãos. Foram para uma floresta muito densa, onde a dez passos de distância um não via o outro. O lenhador se pôs a cortar madeira e os seus filhos a colher galhinhos para fazer pilhas. O pai e a mãe, vendo-os ocupados a trabalhar, foram embora de imediato por um pequeno atalho.

Quando os meninos perceberam que estavam sozinhos começaram a gritar e a chorar o mais alto que podiam. O Pequeno Polegar os deixava gritar, sabendo muito bem por onde voltaria para casa, pois enquanto andara, lançara, ao longo do caminho, os pequenos pedregulhos brancos que tinha nos bolsos. Então, disse-lhes:

— Não tenham medo, meus irmãos. Os nossos pais nos deixaram aqui, mas eu os levarei de volta para casa, basta que me sigam.

Seguiram-no, e ele os levou para casa pelo mesmo caminho que tinham ido para a floresta. No início, não ousaram entrar, mas se puseram todos à porta para escutar o que o pai e a mãe diziam.

No exato instante em que o lenhador e a lenhadora chegaram à casa, o senhor da aldeia lhes enviou dez escudos que lhes devia há muito tempo, e cujo retorno já não esperavam. Isso lhes voltou a dar vida, pois aquela pobre gente morria de fome. O lenhador mandou na hora a mulher ao açougue. Como há muito tempo não comia, ela comprou três vezes mais carne do que seria necessário para alimentar duas pessoas. Depois de empanturrados, a lenhadora disse:

— Ai, meu Deus! Onde estarão os nossos pobres filhos? Eles teriam uma boa refeição com o que restou. Mas foi você, Guilherme, quem quis que eles se perdessem. Bem que eu falei que nos arrependeríamos. O que fazem eles agora naquela floresta? Ai, meu Deus, talvez os lobos já os tenham comido! Você é mesmo muito desumano por ter feito os seus próprios filhos se perderem dessa maneira.

O lenhador acabou por perder a paciência, pois ela repetiu mais de vinte vezes que eles se arrependeriam e que ela bem que tinha dito. Ele a ameaçou, caso ela não se calasse. Talvez o lenhador estivesse até mais aborrecido do que a sua esposa, porém ela o enfadava, e ele era igual aos outros, que gostam muito das mulheres que falam bem, mas julgam muito maçantes as que bem falam.

A lenhadora se desfazia em lágrimas:

— Ai, meu Deus! Onde estão agora os meus filhos, os meus pobres filhos?

E uma vez disse isso tão alto que os meninos que estavam à porta, ao escutá-la, se puseram a gritar todos juntos:

Estamos aqui, estamos aqui.

Ela correu depressa para abrir a porta, e disse-lhes, beijando-os:

— Como estou feliz em revê-los, meus queridos filhos! Estão muito cansados e com muita fome, e você, Pedrinho, como está enlameado, venha que eu vou limpá-lo.

O Pedrinho era o filho mais velho e também aquele a quem ela mais amava, porque era um pouco ruivo como ela.

Eles se puseram à mesa, e comeram com um apetite que dava gosto ao pai e à mãe, a quem contavam o medo que haviam tido na floresta, e falavam quase sempre juntos. Os bons pais estavam radiantes por rever os filhos com eles, mas essa alegria durou enquanto duraram os dez escudos.

No entanto, quando o dinheiro acabou, ficaram tristes de novo, e resolveram fazer com que os filhos se perdessem novamente, e para que isso desse certo, os levariam para bem mais longe do que da primeira vez. Porém, não conseguiram falar tão em segredo para não serem ouvidos pelo Pequeno Polegar, que contou resolver a coisa como já havia feito. Mas, embora se tivesse levantado cedinho de manhã para juntar pequenos pedregulhos, não o conseguiu, pois encontrou a porta da casa fechada com duas voltas da chave. Ele não sabia o que fazer, quando a lenhadora, depois de dar a cada qual um pedaço de pão como café da manhã, lhe deu a ideia de se servir do pão no lugar dos pedregulhos, lançando-os em migalhas ao longo dos caminhos por onde passassem. Então, o pôs no bolso.

O pai e a mãe os levaram ao local mais denso e escuro da floresta, e assim que chegaram, pegaram um desvio, deixando-os lá. O Pequeno Polegar não ficou muito triste, porque achava que encontraria facilmente o caminho pelas migalhas de pão que havia lançado por toda parte por onde eles tinham passado. Porém, ficou muito surpreso quando não conseguiu encontrar uma só migalha, pois os pássaros haviam comido tudo. Assim, ficaram todos muito aflitos, porque quanto mais andavam, mais se perdiam e mais penetravam na floresta.

Chegou a noite, e subiu uma ventania que os deixava exageradamente apavorados. Achavam que só ouviam, de todos os lados, uivos de lobos que vinham até eles para comê-los. Quase não tinham coragem de conversar entre si, nem de virar a cabeça. Despencou uma chuva forte que os enregelou até os ossos; escorregavam a cada passo e caíam na lama, de onde se levantavam todos sujos, não sabendo o que fazer com as mãos.

O Pequeno Polegar trepou no alto de uma árvore para ver se descobria algo, e após virar a cabeça para todos os lados, viu uma fraca luz como de uma vela, mas que estava muito longe, para além da floresta. Desceu da árvore, e quando pisou no chão, não viu mais nada, o que o desanimou. No entanto, após andar algum tempo com os irmãos pelo lado em que avistava a luz, ele a reviu quando saía do bosque. Por fim, chegaram a uma casa onde estava a dita vela, não sem temor, pois muitas vezes a perdiam de vista, o que lhes acontecia sempre que eles desciam em alguns vales. Bateram à porta, e uma simpática mulher foi abri-la. Perguntou-lhes o que desejavam. O Pequeno Polegar lhe disse que eles eram pobres meninos que se haviam perdido na floresta, e que pediam, por caridade, para dormir lá.

A mulher, ao vê-los tão bonitinhos, pôs-se a chorar, e disse-lhes:

— Ai! Meus pobres meninos, onde vieram parar! Sabem que esta é a casa de um ogro que come criancinhas?

— Ai, senhora! — respondeu-lhe o Pequeno Polegar, que tremia muito, como os irmãos —, que faremos? Com toda a certeza os lobos da floresta nos comerão esta noite, se não quiser abrigar-nos na sua casa. E, se for assim, preferimos que o senhor nos coma. Talvez ele se apiede de nós, se a senhora tiver a bondade de pedir-lhe.

A mulher do ogro, que acreditou que os poderia esconder do marido até a manhã do dia seguinte, os deixou entrar e os levou para junto da lareira a fim de que se aquecessem, pois havia um carneiro inteirinho no espeto para alimentar o ogro. Quando começaram a se aquecer, ouviram bater fortemente três ou quatro vezes na porta: era o ogro que estava de volta. Na hora, a sua mulher os escondeu debaixo da cama e foi abri-la.

O ogro perguntou, primeiro, se a ceia estava pronta, e se ela havia buscado o vinho, e em seguida, pôs-se à mesa. O carneiro ainda estava sangrando, mas ele o achou melhor ainda assim. Ele farejava à direita e à esquerda, dizendo que sentia cheiro de carne fresca.

— Deve ser — disse-lhe a mulher — o cheiro desse veado que preparei.

— Sinto cheiro de carne fresca, digo-lhe mais uma vez — retomou o ogro — olhando para a mulher de soslaio —, e há aqui algo que eu não compreendo. Dizendo essas palavras, deixou a mesa, e foi diretamente para a cama.

— Ah! — disse ele. — Então queria enganar-me, maldita mulher! Não sei o que me impede de comê-la também. Quem sabe você não se torne um animal velho. Eis a carne que me vem a calhar para receber três ogros amigos meus que virão visitar-me um dia desses.

E tirou, um por um, os meninos que estavam debaixo da cama. As pobres crianças se puseram de joelhos, pedindo-lhe perdão. Porém, eles estavam lidando com o mais cruel de todos os ogros que, muito longe de ter pena deles, já os devorava com os olhos, e dizia à mulher que eles seriam saborosos bocados quando ela preparasse um bom molho. Foi pegar um facão, e aproximando-se dos pobres meninos, começou a afiá-lo numa longa pedra que tinha na mão esquerda. Já havia agarrado um, quando a esposa disse:

— O que quer fazer a esta hora? Não terá tempo suficiente amanhã de manhã?

— Cale-se — retomou o ogro —, eles ficarão mais macios.

— Mas você ainda tem muita carne aqui — retomou a mulher. — Temos um veado, dois carneiros e metade de um porco!

— Tem razão — disse o ogro. — Alimente-os bem para que não emagreçam e os ponha para dormir.

A boa mulher ficou radiante de alegria, e lhes deu uma farta ceia, mas eles não conseguiram comer de tanto medo que sentiam. Já o ogro voltou a beber, satisfeito por ter com o que regalar muito os amigos. Bebeu uma dúzia de copos a mais do que costumava, o que lhe subiu um pouco à cabeça, e o obrigou a ir deitar-se.

O ogro tinha sete filhas, que ainda eram crianças. Essas ograzinhas tinham todas a tez muito bonita, pois comiam carne fresca como o pai. Porém, tinham os olhinhos cinzentos e redondos, o nariz adunco e uma bocarra com longos e afiadíssimos dentes muito separados uns dos outros. Não eram tão más, mas prometiam muito, pois já mordiam as criancinhas para lhes chupar o sangue.

Puseram-nas para dormir cedo, e as sete estavam numa grande cama, tendo, cada qual, uma coroa de ouro na cabeça. Havia, no mesmo quarto, uma outra cama do mesmo tamanho. Foi nesta última cama que a mulher do ogro pôs os sete meninos para dormir, depois do quê, foi deitar-se ao lado do marido.

O Pequeno Polegar, que percebera que as filhas do ogro tinham coroas de ouro na cabeça, e que temia que o ogro sentisse remorso por não os ter degolado naquela noite mesmo, levantou-se no meio da noite, e pegando os gorros dos irmãos e o seu, foi, a passos de veludo, os pôr na cabeça das sete filhas do ogro, depois de lhes tirar as suas coroas de ouro, que pôs na cabeça dos irmãos e na sua, para que o ogro os tomassem pelas suas filhas, e as suas filhas pelos meninos que ele queria degolar. A coisa deu certo como ele havia pensado, pois o ogro, tendo despertado à meia-noite, se arrependeu de ter deixado para o dia seguinte o que podia fazer na véspera. Então, saiu bruscamente da cama, e pegando o facão, disse:

— Vamos ver como se comportam os engraçadinhos. Não pensaremos duas vezes.

Em seguida, subiu, tateando, ao quarto das filhas e aproximou-se da cama em que estavam os menininhos, que dormiam todos, exceto o Pequeno Polegar, que teve muito medo quando sentiu a mão do ogro que lhe apalpava a cabeça, como já havia apalpado a de todos os seus irmãos. O ogro, ao sentir as coroas de ouro, disse:

— Realmente, eu ia fazer um belo trabalho. Acho que bebi demais ontem à noite.

Foi, depois, à cama das filhas, onde, ao sentir os gorrinhos dos meninos, disse:

— Ah, eis os nossos manhosos! Trabalhemos ousadamente!

Dizendo essas palavras, degolou, sem titubear, as sete filhas. Muito contente com essa expedição, voltou a se deitar ao lado da esposa.

Logo que o Pequeno Polegar ouviu o ronco do ogro, despertou os irmãos, e lhes disse que se vestissem[1] imediatamente e o seguissem. Desceram a passos de veludo ao jardim, e pularam as muralhas. Correram quase a noite toda, sempre a tremer, e sem saber para onde iam.

Ao despertar, o ogro disse à esposa:

— Vá lá em cima preparar aqueles engraçadinhos de ontem à noite.

A ogra ficou muito surpresa com a bondade do marido, e não duvidando de modo algum que ele não queria que os preparasse para cozer, e achando que lhe ordenava que os vestisse, subiu, e uma vez lá em cima, ficou muito assustada ao ver as suas sete filhas degoladas a nadar no sangue.

Começou por desmaiar (pois é o primeiro expediente de que se valem as mulheres em tais situações). O ogro, achando que a esposa estava demorando muito para cumprir a tarefa de que fora incumbida, subiu para ajudá-la. Não ficou menos assustado do que a sua mulher quando viu aquele terrível espetáculo.

— Ah! O que fiz eu? — exclamava. — Eles me pagarão, aqueles malvados, e já.

Na hora, lançou água no nariz da mulher para que ela recobrasse os sentidos, e disse-lhe:

— Dê-me, agora, as minhas botas sete-léguas, para que eu vá pegá-los.

Saiu para o campo, e depois de ter corrido bem longe e por todos os lados, acabou por entrar no caminho pelo qual andavam os pobres meninos que não estavam a cem passos da casa do pai. Viram o ogro que ia de montanha em montanha, e que atravessava rios tão facilmente como se tratasse do menor regato. O Pequeno Polegar, que viu um rochedo oco perto do lugar onde eles estavam, lá se escondeu com os seis irmãos, sem deixar de ver o que acontecia com o ogro.

---

[1] Aqui Perrault emprega o verbo *habiller* com duplo sentido: preparar para cozinhar e vestir-se.

O ogro, muito cansado devido ao longo caminho que havia percorrido inutilmente (pois as botas sete-léguas cansam muito um homem), quis repousar, e, por acaso, foi sentar-se na rocha em que os menininhos estavam escondidos. Como não suportava mais a fadiga, adormeceu depois de repousar por algum tempo, e começou a roncar tão terrivelmente que as pobres crianças tiveram tanto medo quanto haviam tido quando ele segurava o facão para degolá-los. O Pequeno Polegar teve menos medo, e disse aos irmãos que corressem depressa para casa, enquanto o ogro dormia profundamente, e que não tivessem pena dele. Seguiram o seu conselho e logo chegaram à casa.

Depois de se aproximar do ogro, o Pequeno Polegar lhe tirou as botas bem devagar, e as calçou na hora. As botas eram muito grandes e largas, mas como eram mágicas tinham o dom de aumentar ou diminuir, de acordo com a perna daquele que as calçasse, de modo que ficaram tão ajustadas nos seus pés, como se tivessem sido feitas para ele.

Foi diretamente para a casa do ogro onde encontrou a mulher dele aos prantos, junto às filhas degoladas.

— O seu esposo — disse-lhe o Pequeno Polegar — corre grande perigo, porque foi pego por um bando de ladrões que o juraram de morte, se ele não lhes der todo o seu ouro e toda a sua prata. No momento em que estavam com o punhal na sua garganta, ele me viu e rogou que viesse pô-la a par do que ocorria, e que lhe dissesse para dar-me tudo o que tem de valioso, sem nada reter, caso contrário eles o matarão sem misericórdia. E como a coisa urge, quis que eu pegasse as suas botas de sete-léguas, que cá estão, para que viesse apressada e caridosamente, e também para que a senhora não pensasse que sou um mentiroso deslavado.

A boa mulher, muito assustada, logo lhe deu tudo o que tinha, pois aquele ogro era, apesar de tudo, um bom marido, embora comesse criancinhas. O Pequeno Polegar, uma vez de posse de todas as riquezas do ogro, voltou para a casa do seu pai, onde foi recebido com muita alegria.

Há quem não concorde com essa última circunstância, e que pretenda que o Pequeno Polegar nunca roubou o ogro; que na verdade ele nunca teve remorsos por lhe tomar as botas sete léguas, pois o ogro as usava só para correr atrás das criancinhas.

Tais pessoas garantem que o sabem de fonte segura, e até mesmo por terem bebido e comido na casa do lenhador. Garantem que o Pequeno Polegar calçou as botas do ogro, e foi para a Corte, onde sabia que estavam preocupados com um exército que estava a duzentas léguas[2] de distância e com o resultado de uma batalha ocorrida. Ele foi, dizem, procurar o rei, e disse-lhe que se desejasse, traria notícias do exército antes do fim do dia. O rei lhe prometeu uma grande soma de dinheiro se ele conseguisse fazer isso. O Pequeno Polegar trouxe as notícias naquela tarde mesmo, e tornando-se conhecido por essa primeira façanha, ganhou tudo o que queria, pois o rei o pagava muitíssimo bem por levar as suas ordens ao exército, e uma infinidade de damas lhe davam tudo o que ele queria para terem notícias dos seus amantes, e foi esse o seu maior ganho.

Havia algumas mulheres que o encarregavam de levar cartas aos maridos, mas o pagavam tão mal, e isso rendia tão pouco, que ele não se dignava levar em conta o que ganhava com esse expediente.

Depois de ter exercido, durante algum tempo, o ofício de mensageiro, e de ter, mediante isso, acumulado muito dinheiro, voltou para a casa do pai, onde é impossível imaginar a alegria que todos sentiram ao revê-lo. Deixou toda a família em boa situação. Comprou cargos recém-criados para o pai e para os irmãos e, assim, estabeleceu todos, ao mesmo tempo que criou para si uma excelente posição na Corte.

---

[2] Mil quilômetros.

MORALIDADE

Ninguém sói afligir-se imensamente
De que venham os filhos irmanados,
Se todos saem belos, caprichados
E com um exterior resplandecente;
      Mas se um deles é débil
E nenhuma palavra diz, é flébil,
E também desprezado e escarnecido;
Entretanto, já tem acontecido
      De a pobre criatura
Dar à família a mais alta ventura.

OUTRAS HISTÓRIAS
OU CONTOS

PELE DE ASNO[1]

---
[1] Originalmente escrito em versos.

Era uma vez um boníssimo rei, a quem o povo muito amava e os vizinhos muito respeitavam, sendo por isso o rei mais feliz do mundo. Além do mais, ele teve a sorte de casar-se com uma princesa linda e por igual virtuosa, que lhe deu apenas uma filha, porém tão encantadora, que os pais viviam num verdadeiro êxtase.

No palácio real, havia abundância de tudo e muito bom gosto. Os ministros eram muito sagazes e habilidosos, os cortesãos, muito dedicados, e os empregados, muito leais. Na grande estrebaria, havia os mais soberbos cavalos jamais vistos e com os melhores arreios, embora todos estranhassem que o mais importante animal fosse um asno com orelhas compridíssimas. Mas não fora por um mero capricho que o rei lhe dera tamanha distinção. O asno era merecedor de todas as regalias e honras, pois, na verdade, se tratava de um asno com poderes mágicos. Todo dia, ao nascer do sol, a sua baia estava coberta de moedas de ouro, que o rei mandava recolher.

Mas como a vida não é para sempre um mar de rosas, certo dia a rainha caiu de cama, com uma doença desconhecida que nenhum médico era capaz de curar. No palácio, baixou uma imensa tristeza. O rei foi a todos os templos do castelo e fez promessas, em que se comprometia a dar a própria vida em troca da cura da amada rainha. Mas tudo foi em vão.

Certo dia, sentindo que ia morrer, a rainha chamou o marido e lhe disse, aos prantos:

— Meu fiel esposo e amigo, quero fazer-lhe antes de ir-me um pedido: se de novo se casar...

Nesse ponto, o rei a interrompeu, apertando-lhe as mãos e desfazendo-se em lágrimas, como que para dizer-lhe que jamais sequer pensara nisso.

— Não, não, minha fiel esposa e amiga, em vez disso, peça-me que a siga na tumba!

— O reino — continuou a rainha com tranquila firmeza — precisa de sucessores e eu só lhe dei uma filha. Portanto, terá que se casar de novo, e eu lhe peço que só se case se encontrar uma princesa mais bonita e mais bem-dotada do que eu. Se me jurar isso, morrerei feliz e em paz.

Parece que a rainha tinha muito amor-próprio, e que se forçou o marido a essa promessa, foi porque não cogitava que pudesse haver outra princesa que a excedesse em beleza e dotes. Porém, o rei jurou e ela, alguns minutos depois, morreu.

O rei sofreu imensamente. Durante vários dias, só chorou e se lamentou. Mas, com o tempo, se foi conformando, e, certo dia, os seus ministros lhe mandaram uma representação, pedindo-lhe que se casasse de novo. Tal pedido o fez desfazer-se em lágrimas pelo pesar reavivado e respondeu que jurara à esposa que só voltaria a se casar quando aparecesse uma princesa mais bonita e mais bem-dotada do que a falecida, o que era praticamente impossível. Os ministros disseram que a beleza era algo supérfluo, e que para o bem do reino bastava uma rainha virtuosa e fértil, que lhe desse muitos filhos homens e, assim, tranquilizasse o povo quanto à sucessão. Também disseram que a princesa real tinha todos os atributos para se tornar uma grande rainha, mas, por ser mulher, logo se casaria com um príncipe estrangeiro, o que poria em risco a coroa, já que o rei não tinha filhos que lhe sucedessem.

O rei ouviu tudo e meditou sobre aqueles argumentos racionais, prometendo que voltaria a se casar. E, de fato, procurou, entre as princesas em idade de casar uma que lhe fosse conveniente. Todos os dias, os ministros lhe traziam retratos de princesas dos reinos das cercanias — porém o rei respondia negativamente com a cabeça. Nenhuma chegava aos pés da sua amada falecida.

O tempo passava e, à medida que passava, a princesa real ficava cada vez mais linda, excedendo a própria mãe. O rei reparava naquilo e, como já não estava muito no seu juízo perfeito, começou a sentir pela filha um amor profundo e forte, que não se assemelhava ao amor paterno. Enfim, não conseguindo mais esconder os seus sentimentos, declarou que só se casaria com ela.

A jovem princesa, que era muito virtuosa, quase desfaleceu quando ouviu a declaração do rei seu pai. Lançou-se-lhe aos pés e lhe suplicou eloquentemente a não cometer aquele crime hediondo.

O rei foi consultar um druida[2] para ficar com a consciência tranquila, e o druida, que era muito ambicioso e só queria tornar-se um dos favoritos do rei, convenceu-o de que não havia mal algum naquele casamento e que, além de ser vantajoso para todos, era até mesmo um ato de caridade. O rei o abraçou e retornou ao palácio mais decidido ainda, e mandou que a princesa se preparasse para as bodas.

À princesa, em desespero, só ocorreu uma ideia: ir consultar a fada Lilás, sua madrinha. Então, partiu naquela noite mesmo, numa espécie de carro puxado por um cordeiro que conhecia todos os caminhos. A fada gostava muito da princesa e logo que a viu chegar lhe disse que já sabia de tudo:

— E claro, minha menina, que seria um grande erro casar-se com o seu pai. Porém, eu vejo um jeito de arranjar as coisas sem que haja um confronto. Concorde com as bodas, mas lhe exija como condição que ele lhe dê um vestido da cor do tempo. Nem com todas as riquezas que possui, nem com todo o seu poder, ele conseguirá semelhante vestido.

A princesa agradeceu à sua madrinha, retornou ao palácio e disse ao rei que se casaria com ele, contanto que lhe desse um vestido com a cor do tempo. O rei ficou tão maravilhado com a resposta, que mandou vir os mais habilidosos costureiros

---

[2] Antigos sacerdotes gauleses e celtas que também exerciam funções pedagógicas e judiciais.

do reino, e lhes ordenou que fizessem o vestido, sob pena de serem enforcados.

Mas isso não foi necessário, porque após dois dias os costureiros trouxeram o vestido encomendado — um magnificente vestido, leve como as manhãs e azul como o céu. A princesa ficou desapontada e correu de novo ao encontro da madrinha:

— O que fazer agora? — perguntou-lhe.

— Peça agora um vestido da cor da lua — respondeu-lhe a fada.

E a princesa real pediu ao rei o vestido da cor da lua, que foi encomendado de imediato.

No dia seguinte, o vestido foi entregue e era tal e qual da cor da lua. A princesa se desesperou de novo e se lamentava quando a fada apareceu e lhe disse:

— Se pedir um vestido da cor do sol, tenho certeza de que o rei ficará muito embaraçado, pois é impossível fazer um vestido da cor do sol — e, pelo menos, você ganhará tempo.

A princesa fez o que a fada lhe recomendou — pediu ao rei um vestido da cor do sol, que foi, de pronto, encomendado. E para que os costureiros o pudessem fazer, o rei lhes deu todos os diamantes e rubis da sua própria coroa para enfeitar o vestido. Quando o trouxeram, todos os habitantes do palácio tiveram que fechar os olhos, tamanho era o seu esplendor.

A moça se sentiu perdida, e sob o pretexto de que o vestido lhe havia feito mal aos olhos, retirou-se para o seus aposentos, onde a aguardava a boa fada.

— Minha menina, não se desespere! Nem tudo está perdido! — disse-lhe ela. — O rei está obcecado e os nossos estratagemas falharam. Mas acho que se pedir a pele do asno que fornece todo o ouro que é o sustento da riqueza desta Corte, ele negará. Vá pedir-lhe a pele do asno.

A jovem, alegre e cheia de esperanças, correu e foi pedir ao pai a pele do asno. O rei ficou espantado com aquele capricho, mas na hora ordenou que sacrificassem o asno, cuja pele foi dada à princesa.

A princesa subiu, correndo, para os seus aposentos e se desfez em lágrimas, mas a sua madrinha conseguiu acalmá-la facilmente.

— Mas o que há, menina? Pois fique sabendo que isso foi ótimo. Envolva-se na pele do asno e saia pelo mundo. Deus recompensa quem tudo sacrifica pela virtude. Vá. Tudo o que lhe pertence a acompanhará, eu lhe garanto. Fique com a minha varinha de condão. Sempre que a bater no chão, verá surgirem as coisas de que estiver precisando.

A princesa deu um abraço apertado na madrinha, suplicando-lhe que não a abandonasse jamais. Em seguida, envolveu-se na pele de asno, passou fuligem no rosto e saiu do palácio despercebida.

O desaparecimento da princesa foi um verdadeiro escândalo. O rei, que já ordenara uma esplêndida festa para o dia das suas bodas, mergulhou no desespero. Mandou mais de mil mosqueteiros saírem à procura da filha. Mas tudo foi em vão. A varinha de condão tinha a fantástica propriedade de tornar a princesa invisível a todos os seus perseguidores.

Assim que saiu do palácio, a princesa foi andando sem rumo, até muito longe, à procura de uma casa onde pudesse empregar-se. Todo mundo lhe dava esmolas, mas ninguém a recebia na sua casa. Aquele rosto cheio de fuligem e aquela pele de asno fazia as pessoas sentirem nojo dela. Por fim, chegou às cercanias de uma cidade onde havia uma granja. Naquele exato local, estavam à procura de uma empregada que executasse as tarefas mais grosseiras, como lavar a pocilga, guardar os gansos e outras coisas do tipo. Vendo aquela maltrapilha tão suja, a dona da granja se dispôs a empregá-la, coisa que a princesa aceitou de pronto, de tão cansada que estava.

A mísera princesa teve que ficar num canto da cozinha, com toda a criadagem a caçoar dela da maneira mais estúpida — e tudo devido à pele de asno que ela usava. Enfim, acabou por se acostumar com aquilo, e caprichava tanto na execução das suas tarefas, que a dona da granja começou a vê-la com melhores olhos.

Certo dia em que se sentara à beira de um tanque, resolveu mirar-se no espelho d'água e assustou-se com a sua horrível aparência. Lavou-se e ficou clara como era — linda e branca como a lua. Algum tempo depois, teve que vestir de novo a medonha pele de asno a fim de voltar para casa.

No dia seguinte, não havia trabalho, porque era dia de festa, então a princesa tocou a varinha, e à sua frente surgiram os seus pertences, e ela se divertiu em pentear-se e enfeitar-se com os seus mais lindos ornamentos. O seu quarto era tão pequenininho que as caudas dos vestidos não se podiam desdobrar. Com justo mérito, a princesa se admirou no espelho e teve, dessa forma, um dia feliz. Depois desse dia, resolveu que em todas as horas vagas poria os seus lindos vestidos e se enfeitaria — mas sempre às escondidas, dentro das quatro paredes do seu quartinho. Por vezes, ficava tão encantadoramente linda que até suspirava por não haver ninguém que a visse.

Num dia de folga, em que Pele de Asno (chamavam-na por esse nome) pusera o seu vestido da cor do sol, ocorreu de ali parar o filho do rei, que fora à caça. Era um belo príncipe, o povo o idolatrava e os seus pais o adoravam. A dona da granja mostrou-lhe tudo, as aves, as plantações, e como o príncipe era muito curioso, percorreu a propriedade toda, examinando tudo.

Mas quando passava por um corredor, encontrou uma porta trancada e resolveu espiar pelo buraco da fechadura: vislumbrou, lá dentro, uma beleza que o deixou fascinado. Era Pele de Asno com o seu vestido da cor do sol.

Muito intrigado, o príncipe saiu dali e foi perguntar quem ocupava aquele quarto escuro. Responderam-lhe que era uma pastora imunda chamada Pele de Asno, pois sempre vestia uma pele desse animal; disseram também que era tão suja que ninguém tinha vontade de aproximar-se dela, nem de falar-lhe, e que só por caridade a tinham empregado como pastora de carneiros e gansos.

O príncipe logo percebeu que era inútil inquirir aquelas pessoas tolas e voltou para a Corte com o coração palpitando de transtorno. Não conseguia tirar da cabeça a fascinante deusa vislumbrada por alguns segundos pelo buraco da fechadura. Arrependeu-se amargamente de não ter arrombado a porta. E tamanha foi a sua excitação que ficou com uma febre altíssima. A rainha se desesperou com o estado do seu filho único e prometeu milhões de recompensas a quem pudesse curá-lo.

Todos os melhores médicos do reino acudiram e, depois de vários exames, concluíram que a doença do príncipe provinha de uma inquietude moral. Assim que a rainha ficou sabendo disso, foi perguntar ao filho o que realmente se passava no seu coração. Disse-lhe que o que quer que fosse, ela faria tudo por amor a ele; que se queria a coroa, com certeza o seu pai a daria sem problema algum; que se queria tomar por esposa alguma princesa, a tomaria, mesmo que fosse necessário declarar uma guerra, mas que, pelo amor de Deus, não continuasse daquele jeito e lhe confessasse tudo, senão também ela morreria.

— Minha querida mãe — respondeu o príncipe com voz agonizante — não sou um filho desnaturado que quer subir ao trono quando o seu pai ainda está vivo. Pelo contrário: quero que ele viva por muitos anos mais.

— Eu sei, meu filhinho, mas a sua vida é o que temos de mais precioso e queremos saber qual é o motivo do seu desassossego, que tudo faremos para lhe salvar a vida, pois salvando a sua vida, estaremos salvando também a nossa.

— Tudo bem, mamãe, vou contar-lhe a verdade. O que quero é que Pele de Asno me faça um bolo para saciar a minha vontade.

A rainha ficou estupefata ao ouvir aquele pedido tão estranho, ainda mais com a menção de uma pessoa de todo desconhecida e de nome tão feio.

— Meu filho, quem é Pele de Asno?

Um dos palacianos, que já estivera na granja, respondeu:

— Majestade, Pele de Asno é uma pastora imunda, encardida, que guarda os carneiros e gansos numa granja de propriedade real.

— Pouco importa! — disse a rainha. — Talvez o meu filho, numa das suas caçadas, tenha comido um bolo feito por ela e agora está com esse desejo doentio. Mandem Pele de Asno preparar, o mais rápido possível, o bolo.

Mensageiros partiram a galope para a granja em busca de Pele de Asno, para encomendar o bolo.

Cumpre dizer que, no instante em que o príncipe olhou pelo buraco da fechadura, quando visitou a granja, a princesa o percebeu, e depois, pela janelinha, pode vê-lo quando ele se afastava — e admirou o porte e a beleza viril do príncipe. Alguns dizem até que suspirou — e que desse dia em diante sempre suspirava quando se lembrava daquela cena. O que quer que seja, quando Pele de Asno recebeu a ordem de preparar o bolo, ficou agitadíssima e foi correndo a fechar-se no seu quartinho para pôr a mão na massa. Para tanto, lavou-se, penteou-se, pôs o seu vestido mais bonito e começou a amassar a mais branca e pura farinha com a manteiga e os ovos mais frescos e amarelinhos. Num dado momento, não se sabe se por obra do acaso ou se de propósito, deixou cair na massa um anel que tinha no dedo. Uma vez pronto o bolo, escondeu-se de novo sob a medonha e repugnante pele, e abriu a porta para entregar aos mensageiros o que lhe fora encomendado, e, tímida, lhes perguntou como passava o príncipe. Os mensageiros, muito soberbos, nem lhe responderam. Pegaram o bolo e se foram a galope para o palácio.

O príncipe recebeu, ávido, o bolo, e o comeu com tamanha voracidade que os médicos ficaram estupefatos, não achando aquilo nem um pouco natural. Alguns segundos depois, começou a tossir desesperadamente, como se algo o asfixiasse. Era o anel. Tirou-o da boca e viu que se tratava de uma joia rara e linda, que só poderia caber num dedinho de extrema delicadeza.

O príncipe o beijou inúmeras vezes e o pôs à sua cabeceira, para de novo contemplá-lo e beijá-lo sempre que ficava sozinho. Agora, o que o atormentava era o desejo de conhecer a dona do anel, porém receava contar o que vira pelo buraco da fechadura, pois tinha a certeza de que todos zombariam dele. E, torturado por sentimentos tão contraditórios, acabou piorando. A febre aumentou. Então, os médicos disseram à rainha que a doença do príncipe era simplesmente amor.

Na hora, a rainha e o rei foram ao quarto do adorado doente.

— Meu filho! — disseram-lhe. — Seja bom conosco e nos diga o nome daquela que lhe conquistou o coração, porque juramos aceitar a sua escolha, mesmo que seja a mais humilde serva.

O príncipe, comovido com as palavras dos pais, respondeu-lhes:

— Meus queridos pais, eu não quero casar-me com alguém que lhes desagrade, e para provar o que digo declaro que só me casarei com a dona deste anel. Acho que a dona de um dedinho que nele caiba não pode ser nenhuma aldeã indigna de nós.

O rei e a rainha pegaram o anel, examinaram-no com atenção e concordaram com o filho. Em seguida, o rei beijou o filho e se retirou, e fez um decreto em que se proclamava que a moça em cujo dedo coubesse o anel seria a esposa do príncipe. Houve uma verdadeira peregrinação de moças em idade de casar ao palácio. Vieram, primeiro, as princesas, que eram muitas; em seguida, as duquesas, as marquesas e as baronesas, mas em nenhum dos seus dedos coube o anel. Depois, vieram as mais belas moças da cidade, que não pertenciam à nobreza, e tampouco nos seus dedos coube o anel. O príncipe melhorara e ele próprio fazia a prova.

Por fim, chegou a vez das milhares de moças de baixa condição, criadas, camareiras, e o mesmo aconteceu com elas. Então, o príncipe mandou vir também as cozinheiras e as guardadoras de gado, mas foi em vão.

—Agora só resta vir a tal Pele de Asno que me preparou o bolo — disse o príncipe — e todos riram, dizendo que uma criatura tão suja não era digna sequer de pôr os pés no palácio.

— Ordeno que a tragam — declarou o príncipe. — Não há por que venham todas menos ela.

Os cortesãos lhe obedeceram e foram buscá-la, porém dando gargalhadas daquela excentricidade do príncipe.

Pele de Asno, que já amava o príncipe, sentiu o coração pular quando soube do tumulto que ocorria na Corte por causa do seu anel e, desconfiada de que também a viriam buscar, arrumou-se o melhor que pôde e pôs o seu mais lindo vestido. Em seguida, envolveu-se na pele de asno e aguardou. Algum tempo depois, chegaram os mensageiros com a ordem de levá-la, e os tais mensageiros não conseguiam parar de rir daquele horrendo ser. "Chamam-na ao palácio, ó imunda! Para casar-se com o filho do rei, ah! ah! ah!".

O príncipe ficou desapontado quando Pele de Asno entrou no seu quarto.

É você mesma que ocupa aquele quartinho ao fundo da granja?

— Sim, senhor príncipe — respondeu ela.

— Mostre-me a mão — disse-lhe o príncipe por desencargo de consciência, e suspirando de desânimo.

Então, o que se sucedeu foi qualquer coisa. Assim que recebeu a ordem de mostrar a mão, Pele de Asno pôs para fora da medonha pele que a cobria a mais delicada mão do mundo, rósea, em cujo dedo médio o anel coube como se tivesse sido feito especialmente para ele. De súbito, a pele de asno lhe caiu dos ombros e aos olhos de todos surgiu uma criatura de beleza exuberante. O príncipe pulou da cama e, ajoelhando aos seus pés, abraçou-a com ternura. Em seguida, o rei e a rainha fizeram o mesmo, perguntando-lhe se aceitava o príncipe por esposo. A princesa, toda confusa, já abria a boca para responder, quando o teto se abriu e a fada Lilás apareceu numa carruagem maravilhosa, tecida de pétalas de lilases, e contou a todos a história da princesa tim-tim por tim-tim.

A alegria do rei e da rainha foi imensa quando ficaram sabendo que Pele de Asno era uma princesa real e, portanto, digna de ser a esposa do herdeiro do trono, e de novo, a abraçaram e beijaram.

O príncipe estava tão impaciente para se casar que mal houve tempo para preparar uma festa à altura do faustoso acontecimento. O rei e a rainha, que tinham adoração pela nora, não paravam de mimá-la e de beijá-la. Porém, a moça estava triste e disse que não poderia casar-se sem o consentimento do pai. Assim sendo, ele foi o primeiro a receber o convite para as bodas, que, a conselho da fada Lilás, não mencionava o nome da noiva. Às núpcias, compareceram reis de todas as regiões: alguns foram de liteira, outros de cabriolé, e os de terras mais longínquas, montados em elefantes, em tigres e em águias. Porém, o mais poderoso e magnificente era o pai da princesa, que, para alegria geral, havia esquecido aquele amor impossível e descabido e se havia casado com uma bela rainha viúva, com a qual não teve filhos. A princesa, assim que o viu, correu ao seu encontro, e ele logo a reconheceu e a beijou ternamente, antes que ela pudesse ajoelhar-se aos seus pés. O rei e a rainha lhe apresentaram o filho, de quem se tornou muito amigo. As bodas se deram com pompa e circunstância, mas os noivos nem perceberam isso, pois só tinham olhos um para o outro.

Então, o rei, pai do príncipe, aproveitou a ocasião para passar o trono ao adorado filho. Este não o queria, mas o rei o forçou, e, para comemorar tão majestoso acontecimento, decretou três meses de festas contínuas que ficaram célebres nos anais do reino.

MORALIDADE

Não é difícil perceber
Que este conto deseja às crianças mostrar
Que vale mais expor-se ao mais rude penar
  Do que não cumprir o dever;
Que a virtude talvez não seja afortunada,
  Porém, é sempre coroada;

Que contra o louco amor e os transportes fogosos,
É a mais forte razão um fraco barreiral,
E que não há tesouros mais preciosos,
De que o amante não seja liberal;

Que o pão preto, mais a água clara
Bastam para a alimentação
Dos mais novos da criação,
Caso possuam roupas raras;
Que não há fêmea sob o azul celestial
  Que não se julgue muito bela,
  Que tampouco pense em geral,
Se do trio da Beleza a famosa querela
  Tivesse fim por meio dela,
  Teria a maçã divinal.

É difícil crer neste conto, história,
Porém, enquanto houver neste universo
Vovó que a conte em prosa, em verso,
  Será guardada na memória.

OS DESEJOS RIDÍCULOS

À Senhorita ***

    Se fôsseis menos cordata,
Não viria aqui para relatar-vos
A desairosa fábula insensata
    Que agora vou confiar-vos.
Uma morcela[1] é o seu tema central.
    Morcela, imaginais tal?
    Que pobreza! E um horror,
    Diria uma Preciosa,
    A qual, tema e ponderosa,
Só quer ouvir, falar de todo amor.
Mas, sendo a melhor alma aqui vivente
    Que nos encantais narrando,
E cuja expressão é muito inocente,
Que vemos o que estais a nós contando;
Sabeis que é mais o modo pelo qual
    Algo então é inventado,
    Que vence o tema central,
    Pondo o belo no contado,
Desta fábula vós gostareis tanto,
Com a moralidade, eu vos garanto.

Estava certa vez um lenhador,
Tão cansado da vida que levava
    De miséria, pesar, dor,
Que — repetia — apenas desejava

---

[1] Espécie de chouriço.

Não ver nunca mais o monte,
E ir repousar no meio do Aqueronte:[2]
Porque via, no seu pesar profundo,
Que desde que surgira neste mundo,
Nunca, jamais o céu empedernido
Desejo algum lhe havia concedido.

Um dia em que no bosque se queixava,
    Enquanto se lamentava,
Júpiter,[3] raio em mãos, se lhe acercou.
E difícil pintar com precisão
    O horror que o homem tomou.
"Não quero nada!" — o pobre homem gritou,
    Atirando o corpo ao chão.
"Desejos e trovões, não haja tal:
Conversemos, Senhor, de igual pra igual."
Júpiter respondeu: "Não temas tanto;
Venho, compadecido do teu pranto,
    Todavia, eu tenho o intento
De demonstrar-te que esses teus lamentos
Me estão prejudicando sem objeto.
Agora, escuta: juro-te, prometo
    (E isso está nas minhas mãos,
Pois soberano sou do mundo grão)
Atender três desejos por completo:
Os primeiros que queiras formular
De tudo quanto possas desejar.
Vê bem o que te vai fazer ditoso,
Vê bem o que te vai satisfazer,
    A sorte feliz vais ter

---

[2] Segundo a mitologia grega, rio subterrâneo que levava aos Infernos e que todos os mortos tinham que cruzar na barca de Caronte.
[3] Deus supremo na mitologia romana, Zeus na mitologia grega. Costumava ser representado com um raio nas mãos.

Pelos teus votos: sê bem judicioso,
E quando os votos fores formular,
Reflete e pensa em como os empregar."

Dizendo isso, aos céus Júpiter voltou,
      E o lenhador, radiante,
      Abraçando, num instante,
A acha de lenha, no ombro ele a lançou,
Com a carga voltou para a morada.
Nunca lhe pareceu menos pesada!
Enquanto caminhava velozmente,
Pensava: "Não se há de ir rapidamente;
      E preciso ponderar,
      Vou a esposa consultar."
      E entrando no colmo estreito,
      Todinho de mato feito,
Disse: "Minha Chiquinha, anda, façamos
Um bom fogo e boníssima comida,
Seremos ricos para toda a vida;
      Nós somente precisamos
Formular os três votos que queiramos.
      E então, sem nada esquecer,
Conta o que lhe acabara de ocorrer.
      Ao ouvi-lo, a sua esposa,
      Resolvida e pressurosa,
Mil e um projetos fez em sua mente;
Porém, achando muito mais prudente
      Agir com mais consciência,
Disse ao esposo: "Brás, amigo meu,
Para que não ajamos quais sandeus,
      E por nossa impaciência
      Acabemos com o todo,
Examinemos mano a mano o modo
De não agirmos sem considerar;
Assim, vamos os votos formular

Amanhã, pois convém irmos primeiro,
Pedir conselho aos nossos travesseiros."
"Acho sensato, de ouro o parecer"
disse Brás. — "Dá-me vinho pr'a beber."
Bebeu, e frente ao fogo delicioso,
Saboreando muito o seu repouso,
No espaldar da cadeira já apoiado,
Disse: "Frente a esse fogo esplendoroso,
Uma grande morcela, que regalo!"
Estava essas palavras proferindo,
   Quando a patroa, tomada
De terror, muito assustada,
Viu a longa morcela que, saindo,
De um canto junto ao fogo da morada,
Aproximava-se-lhe, serpenteando.
Na hora, deu um grito, mas pensando
   Que aquela ideia estouvada
Que o seu marido, por torpeza pura,
Propôs, ocasionara essa aventura,
Não houve xingamento ou impropério
Que, de raiva e coragem, não dissera
Ao pobre esposo. "Quando se pudera
dizia-lhe — alcançar todo um império,
Pérolas, rubis, ouro e diamantes,
Vestidos de atrair qualquer olhar,
   Nada há mais importante
   Que a morcela desejar?"
   "Está bem, me equivoquei
Na minha escolha, eu não acertei
disse ele -, foi um erro meu sem par,
Mas da próxima vez, eu vou pensar."
"Ah! — disse — vou sentada isso esperar!
É preciso ser mesmo um animal
Para se poder ter desejo tal!"
Mas, uma vez de cólera tomado,

O bom marido viu-se então tentado
A formular o voto, mudo agora,
De se tornar viúvo nessa hora.
Porém, dessa vez, cá entre nós, era
A coisa que fazer melhor pudera.
Dizia: "Os homens, somos nós trazidos
Para sofrer no mundo tão fingido.
      Ó peste, acaba com ela,
Ao inferno mil vezes a morcela!
Oh, rogo a Deus, velhaca condenada,
Que fique bem no teu nariz pregada!"

      Essa súplica singela
Atravessou o céu e foi ouvida,
      E mal havia o marido
Essas suas palavras proferido,
No nariz da mulher, a tal morcela
Desejada, ficou toda pendida.
Esse prodígio tão inesperado
Irritou a mulher demasiado.
      Acontece que a Chiquinha
Era bonita, toda engraçadinha,
      Tinha aparência agradável,
O certo, porém, era que de fato,
Em tal lugar aquele imenso ornato
Não provocava efeito apreciável;
      No entanto, o tal pingente,
Que lhe encimava a boca, ao se pregar,
Tornava-lhe difícil conversar,
O que para o marido, certamente,
Era algo vantajoso, realmente,
E tanto, que naquele áureo momento
Lhe passou e passou no pensamento
      A gulosa tentação
De não desejar já mais nada então.

"Ah, pudera, pensava a todo instante,
Depois de uma desgraça tão funesta,
Empregar o desejo que me resta
Para imperador ser, sempre reinante.
Assim, não haveria nada igual
          Ao fausto e esplendor real;
Porém, pensar é coisa inda importante,
Com que aspecto a rainha ficaria,
          E quanto pesar ela sentiria
Ao sentar-se num trono, imperatriz,
Com a morcela presa ao seu nariz.
Escutá-la a respeito conviria,
Que ela mesma decida nesta empresa
Se deseja tornar-se uma princesa
Com o horrível nariz que tem agora,
Ou, se não, seguir sendo lenhador a
          Com o seu nariz bem feito
Como o de um animal vivo e perfeito,
          Como ela soía ter
Antes de essa desgraça acontecer."
Ao fim, resolveu ela o seu dilema,
E estando a par do que talvez forneça
          Ter o cetro e o diadema,
E que, com este por sobre a cabeça,
Não há nariz que feio assim pareça,
          Nem há nada que resista
À força do desejo de agradar,
Preferiu seu aspecto conservar
A tornar-se rainha e não bonita.
O lenhador ficou no mesmo estado,
E não se transformou num potentado,
          E nem bolsa nem arqueta[4]

---

[4] Pequena arca.

Conseguiu ver de escudos bem repleta,
        Tão feliz como ele estava
De empregar o desejo que faltava,
        Para, com o seu concurso,
(Débil ventura, mísero recurso),
Tornar a mulher como antes se achava.

MORALIDADE

Pode-se ver que os homens miseráveis,
Cegos, tordoados, variáveis,
Não devem formular desejo algum,
E que deles não há quase nenhum
Que se valha de modo comedido
Dos dons que o céu lhe tenha concedido.